Les éditions de la courte échelle inc.

Marie-Francine Hébert

Marie-Francine Hébert a fait des études en lettres. Et elle travaille dans le domaine de la littérature jeunesse depuis une quinzaine d'années. En plus des albums, livres-jeux et romans, elle a aussi écrit du théâtre pour enfants, des scénarios de films, des séries pour le ministère de l'Éducation et des textes pour la télévision; elle collaborait, entre autres choses, à la série *Iniminimagimo*. C'est dans *Un coeur en bataille* que les lecteurs et lectrices ont eu le coup de foudre pour Léa, une héroïne qui vit, comme eux, un tourbillon d'émotions. Pour ce roman, Marie-Francine Hébert a reçu un prix d'excellence de l'Association des consommateurs du Québec.

Plusieurs de ses titres ont été traduits en anglais, en américain, en allemand, en danois, en islandais, en italien, en grec et en espagnol. Elle a reçu de nombreux prix d'excellence de l'Association des consommateurs du Québec ainsi que plusieurs autres prix, dont le prix Alvine-Bélisle et le prix du Club de la Livromagie.

Sauve qui peut l'amour est le onzième livre qu'elle publie à la courte échelle.

De la même auteure, à la courte échelle

Collection livres-jeux

Venir au monde
Vive mon corps!

Collection albums

Le voyage de la vie

Collection Premier Roman

Série Méli Mélo:
Un monstre dans les céréales
Un blouson dans la peau
Une tempête dans un verre d'eau
Une sorcière dans la soupe
Un fantôme dans le miroir

Collection Roman+

Le coeur en bataille
Je t'aime, je te hais...

Marie-Francine Hébert

Sauve qui peut l'amour

la courte échelle

Les éditions de la courte échelle inc.

Les éditions de la courte échelle inc.
5243, boul. Saint-Laurent
Montréal (Québec) H2T 1S4

Illustration de la couverture:
Hélène Boudreau

Conception graphique:
Derome design inc.

Révision des textes:
Odette Lord

Dépôt légal, 1er trimestre 1992
Bibliothèque nationale du Québec

Données de catalogage avant publication (Canada)

Hébert, Marie-Francine, 1943-

Sauve qui peut l'amour

(Roman+; R+20)

ISBN 2-89021-168-1

I. Titre.

PS8565.E23S28 1991 jC843'.54 C91-096745-8
PS9565.E23S28 1991
PZ23.H42Sa 1991

Chapitre 1

Le bain de mousse du bonheur

Me voilà dans le bain. Avec de la mousse jusqu'au cou! Je n'aurais jamais cru que ça m'arriverait un jour. Moi, Léa: L pour laide, É pour ébouriffée et A pour «Au secours!», je suis amoureuse. Depuis plusieurs semaines. Et pas d'un acteur de cinéma ou du gars le plus niaiseux et le plus laid de l'école. Mais de Bruno: B pour beau, R pour rare, U pour unique, N pour «N'y touchez pas personne!», O pour «Oeil au beurre noir assuré à la première qui ose.»

Et il m'aime!?! Sans avoir l'air de se rendre compte que je suis loin d'être la plus belle. Je ne suis pas assez folle pour le lui dire.

Parfois, je le regarde me regarder avec ses grands yeux vert eau de mer et je me sens comme un poisson qui se prélasse à la surface par une belle journée ensoleillée.

Heureusement, il n'a pas l'air de remarquer la bande de sirènes qui tournent autour, avec en tête Carla et Élodie. Carla n'a pas d'effort à faire pour attirer l'attention, elle est sexy naturellement! Élodie, c'est tout le contraire. Quand je la vois approcher, celle-là, dans son jean une taille trop petite — plus près de la peau que ça, c'est un tatouage — j'ai des instincts de piranha.

Mais Bruno n'a d'yeux que pour moi, comme on dit dans les romans. Il paraît que je suis unique. Ce n'est pas moi qui vais le contredire. Quand il prend mon visage dans ses mains et qu'il me dit: «Je t'aime assez!», je me laisse couler chaque fois à pic dans l'eau chaude du bonheur. Plus rien d'autre n'existe. Et je ne ressors la tête que pour l'entendre me le répéter de sa voix douce et mal assurée qui fait vibrer mes cordes sensibles.

Le ton de mon père qui vient de se frapper le nez sur la porte de la salle de bains a, au contraire, tout pour me tomber sur les nerfs.

— Léa, ça fait une bonne demi-heure que tu es là... Tu pourrais au moins me répondre...

— Je suis dans le bain, papa... Comment voulais-tu que je t'entende, j'avais la tête sous l'eau?

Je n'ose imaginer la sienne, si j'ajoutais, comme je brûle de le faire: «Pas moyen d'être amoureuse en paix.» C'est à peine si mon père sait que Bruno est un copain de mon frère. Et, si on l'en croit, l'amour est le pire des dangers qui guettent «les jeunes filles de mon âge».

— Tu n'es pas seule au monde, figure-toi. J'existe, moi aussi! Et j'aimerais bien faire ma toilette.

— Ce ne sera plus très long, papa.

Incroyable! Depuis que mes parents sont séparés, nous ne sommes que deux dans la maison et nous trouvons encore le moyen de nous disputer l'usage de la salle de bains.

Au début, mon père me laissait l'occuper pendant des heures sans dire un mot. Il faut croire qu'il en avait long à se faire pardonner. Je dois avouer que, sur le coup, je n'ai pas très bien pris la séparation de mes parents.

Jamais aussi mal que mon frère, cependant. La colère que Max a faite le jour où il l'a appris!?! Tous les torts étaient du côté de mon père. Il le blâmait plus particulièrement d'avoir eu une maîtresse. «D'avoir trahi maman», comme il disait. Papa a échoué dans toutes ses tentatives pour se rapprocher de Max.

Pas moyen de faire comprendre à mon frère que, finalement, c'était mieux ainsi. Ça ne pouvait plus durer. Papa et maman ne s'entendaient plus depuis longtemps. Le gouffre qui s'était creusé entre eux!?! Il était devenu impossible de s'approcher de nos parents sans risquer de tomber dedans.

Max est donc parti avec maman quand il a été convenu que mon père garderait la maison. Ma mère en avait assez des planchers de chêne et des boiseries décapées; ça n'avait jamais été à son goût à elle. Et puis, elle voulait se rapprocher de l'hôpital. Il faut la voir emménager dans son nouvel appartement; le premier vraiment à elle. Pour une fois qu'elle se passionne pour autre chose que pour sa foutue médecine!

Moi, je n'avais pas envie de déménager dans un édifice moderne du centre de la ville. Et, surtout, je tenais à avoir mon père à l'oeil; pas question de lui laisser l'occasion de renouer avec l'autre et de l'emmener vivre ici.

Il l'a plantée là, d'accord. Mais pas de gaieté de coeur; je l'ai surpris en larmes le jour où c'est arrivé. Il m'a assurée que c'était bien fini entre eux, mais comme ils enseignent au même collège, je préfère garder l'oeil ouvert.

J'ai l'impression qu'elle ne lui manque pas plus qu'il faut, la Denise Beauséjour! Mon père est même particulièrement en forme, ces temps-ci. Tellement qu'il a retrouvé son naturel. La preuve, le voilà qui trépigne de nouveau d'impatience dans le couloir. Je retire le bouchon du bain. Le bruit de l'eau qui s'écoule devrait l'encourager un peu.

Bruno ne me pousse jamais dans le dos, lui. Depuis que je lui ai dit que je n'étais pas prête à faire l'amour, il m'attend. Moi aussi, je m'attends.

C'est tellement important la première fois. Ensuite, rien ne sera plus pareil, il me semble. Alors, je veux être sûre de mon coup. Ça ne m'empêche pas d'y penser sans cesse et d'avoir toujours le goût d'en parler. Lui, c'est le contraire, on dirait...

Encore hier, on était tous les deux... Le

chanceux, il occupe l'appartement au sous-sol chez son père! On s'était donc écrasés devant la télé. Pas très original, mais l'important c'était d'être ensemble.

Je nous revois, moi, dans son coton ouaté rouge, lui, dans mon coton ouaté gris... Depuis qu'on en a fait l'échange le premier soir, on les a presque toujours sur le dos; ils sont le symbole, la preuve de notre amour. En ce moment, serrés l'un contre l'autre comme nous le sommes, il semble y en avoir seulement un: moitié gris, moitié rouge.

Nous regardons la fin d'un film policier à la télé. J'aurais préféré le film d'amour présenté par une autre chaîne, mais c'était au tour de Bruno de choisir.

Pendant la pause commerciale, j'en profite pour l'embrasser. On a fait des progrès remarquables. Un seul détail m'embête encore: je ne sais jamais si, ensuite, je dois m'essuyer les lèvres ou attendre qu'elles sèchent toutes seules. Dans les films ou à la télé, les acteurs font toujours comme si de rien n'était. Mais chaque chose en son temps; on est encore dans le feu de l'action.

D'habitude, il nous manque juste les violons. Pas maintenant. Car le film reprend au moment où le détective et la fille à qui il vient de sauver la vie se tombent dans les bras l'un de l'autre, avec musique de circonstance à l'appui. Entre parenthèses, je me demande pourquoi ce n'est jamais la fille qui sauve le gars; mais c'est une autre histoire.

Je ne peux m'empêcher de les regarder faire du coin de l'oeil. Tout à coup, j'ai un flash: j'imagine que tout le monde au monde se met à s'embrasser au lieu de se faire la guerre et de polluer la planète. Le réchauffement du climat et l'effet de serre, c'est dans les bras les uns des autres qu'on le vivrait!

La dernière image du film nous montre le couple s'allongeant sur un lit. Il ne faudrait tout de même pas charrier...

— Ils ne vont pas faire l'amour, c'est la première fois qu'ils s'embrassent?!

Je suis à deux doigts d'ajouter: «Pourvu qu'elle n'ait pas ses règles.» Mais je n'ose pas. Je ne sais vraiment pas pourquoi. C'est trop intime, on dirait. La première fois qu'on fait l'amour, ce doit être assez intimidant, on peut sûrement se passer de ses règles. Encore plus, la première fois de toutes. Surtout qu'une espèce de gros bouton — un peu plus et il se mettrait à clignoter —

apparaît chaque fois sur le bout de mon nez ou sur mon front, entre les deux yeux.

Par ailleurs, je ne me gêne pas pour répéter à Bruno que moi, je préfère attendre d'être sûre qu'on s'aime plus que tout au monde et qu'on s'aimera toujours, car ainsi ce sera le plus beau jour de notre vie...

Il lève les yeux au ciel et réprime un soupir... qui ne peut être autre chose qu'un soupir d'inquiétude. Je m'empresse de le rassurer sur mes sentiments.

— Tu sais quoi? Je pense que ce sera bientôt la fin de l'attente, car je suis sûre à 99,9 %.

Toute à l'euphorie de ce que je viens de dire, je m'attends à ce qu'il prononce une phrase inoubliable ou à ce qu'il m'embrasse passionnément. Au contraire, il détourne la tête et, me glissant des bras, il se réfugie au fond du divan.

Voilà ce qui s'appelle rester en plan — j'en profite pour m'essuyer les lèvres, furtivement. Depuis quelque temps, chaque fois que je parle de ces choses-là, il décroche, on dirait.

Je fais un mouvement vers lui. Il ne m'entoure pas les épaules de son bras, il reste immobile, à au moins un coton ouaté de moi, le regard fixe derrière sa grande mèche de cheveux noirs.

Tout à coup, le doute me frappe en plein front. C'est comme si Bruno n'avait plus le goût de m'embrasser et d'être avec moi. Intérieurement, je me sens déraper. Au secours!

Ce que je hais pour mourir dans l'amour? C'est quand la peur que l'autre ne m'aime plus me prend. Juste d'y penser, je capote.

— Tu ne m'aimes plus, Bruno, c'est ça? Et c'est fini entre nous?!

S'il me répond oui, mon coeur s'arrête de battre.

Bruno se lève, ne trouvant rien de plus urgent à faire que d'aller fermer la télé.

— Mais non, ce n'est pas ça... On devrait aller prendre un peu d'air.

— C'est quoi alors?

J'ai l'impression qu'il hésite, qu'il cherche une excuse, un prétexte. C'est sûrement mon imagination qui me joue des tours, car il finit par répondre:

— Léa, on s'est mis d'accord: «Pas de question.» Tu te rappelles?

Je respire un peu mieux. L'espace d'un instant, j'avais oublié notre entente. N'a-t-on pas, dès le début, convenu que chacun pouvait mettre un terme aux caresses s'il sentait qu'il ne serait bientôt plus capable de répondre de ses actes? Et ce, sans être obligé de se justifier. Je m'en suis prévalu autant que Bruno. Car parfois, c'est si bon que ça fait mal. Si intense que c'en est insupportable.

Il m'arrive d'être tellement excitée que j'ai peur qu'un fusible saute dans ma tête. Je deviens brûlante et on dirait que le sang bouillonne dans mes veines. J'ai beau essayer de me contenir... C'est comme quelqu'un qui ferait tourner le moteur d'une voiture à plein régime, tout en restant sur place. J'ai la sensation que la fumée sort de partout et que l'explosion est imminente.

Souvent, j'en ai pour un moment avant de retrouver mon calme. Il paraît que c'est normal, mais tant que nous ne serons pas prêts à aller jusqu'au bout, ce n'est pas des plus confortable.

«Aller jusqu'au bout», juste d'y penser, un grand frisson me parcourt le corps. En même temps, j'ai peur — j'en ai froid dans le dos — et j'ai de plus en plus hâte — je me sens toute chaude au fond de moi.

En parlant de frisson, la baignoire est vide et j'ai la chair de poule. Avec ma peau flasque et ridée — pour être restée une éternité dans l'eau — et mes quelques livres en trop, j'ai l'air d'une baleine échouée sur le rivage. Et si Bruno ne me trouvait pas assez...?

À ma sortie du bain, je jette un coup d'oeil inquiet dans le grand miroir de la porte: il est couvert de buée. Bruno ne pourrait pas en avoir plein les yeux, ce jour-là? S'il était aussi myope qu'il est un ange de patience, ça me rassurerait, il me semble!

Aussi impatient que presbyte, mon père frappe de nouveau à la porte comme un beau diable.

— J'ai fini, papa.

J'enfile mon peignoir et, dans un état second, j'écris avec mon doigt dans la buée:

Aujourd'hui, je fais l'amour avec Bruno!

Qu'est-ce qui m'a pris? C'est sorti tout seul, on dirait. Ce doit être un signe... L'étonnement me fige sur place; je n'arrive pas à me faire à l'idée que je suis l'auteure de ces mots. Je les regarde disparaître sous la buée qui se reforme peu à peu dans le miroir, sachant très bien que c'est tout le contraire qui se passe dans mon esprit.

Et si ça se voyait dans mes yeux?

Avant de sortir de la salle de bains, je glisse une main dans mes cheveux courts pour les ébouriffer davantage; comme si c'était possible. Si mon père fait la moindre remarque sur mes mèches en bataille, je lui mets sur le nez la guerre qu'il est en train de perdre contre la calvitie.

Il ne s'y risque pas. Aurait-il enfin compris?! Cependant, l'heure de mon retour le soir à la maison le préoccupe toujours autant.

Je pourrais lui répondre: «Je n'en ai pas la moindre idée, car je serai chez Bruno et il y a toutes les chances du monde pour que nous fassions l'amour. Tu comprends? Et il me semble que la première fois, on ne doit pas compter les heures.» Mais, ne voulant pas risquer d'être enfermée dans un placard jusqu'à dix-huit ans, je me rabats sur:

— Difficile à dire, papa. Je vais chez Isa, nous avons une recherche à faire pour l'école.

Je n'aurais jamais pensé que moi, de nature plutôt franche et directe, je puisse mentir avec autant d'aplomb. J'ai toujours craint que, malchanceuse comme j'étais, ça me retombe sur le nez. C'est à croire que l'amour a fait tourner la chance! Au point où j'en rajoute:

— Je ne serai sûrement pas ici avant vingt-deux heures.

Quel parent trouverait à redire à l'excuse du travail à remettre? Et puis, pour mon père, vingt-deux heures, c'est la limite. Quand je rentre passé cette heure-là, il devient soupçonneux. Il me fait tout de même son petit boniment.

— C'est toi qui me reprochais de ne pas être souvent à la maison et, maintenant que j'y suis, je passe de grandes soirées tout seul.

Je prends mon air coquin de petite-fille-à-son-père, ça marche à tous les coups.

— Ne fais pas cette tête-là, mon grand papa d'amour. Il faut que je vive ma vie. Tu ne peux pas toujours compter sur moi pour te tenir compagnie. Maintenant que la demande de divorce est officielle, tu pourrais peut-être songer à te faire une blonde.

Nous restons aussi surpris l'un que l'autre. Lui, se demandant s'il a bien entendu. Moi, si je pense vraiment ce que je viens de dire.

Tout compte fait, ça l'occuperait; et moi, j'aurais la paix.

— Tu te sentirais moins seul, il me semble... Alors, au revoir, puisque je ne te reverrai probablement pas avant de partir...

Et je lui donne un gros bec en pincette.

Avant de quitter la maison, je prends un condom dans une boîte que mon frère a laissée dans sa commode. Ou plutôt deux, c'est plus sûr. Connaissant Bruno, il devrait en avoir, mais sait-on jamais...

Chapitre 2

Le rose et le noir

Dehors, l'air est vif. Et le mercure, près du point de congélation. Heureusement, car mon thermomètre intérieur indique sûrement une température tropicale.

J'avance à pas feutrés dans la neige neuve et moelleuse. Rien à voir avec le vacarme que l'amour fait dans mon coeur.

La couche floconneuse de nuages gris perle recouvrant le ciel filtre la lumière et donne à la ville une allure de vieille photo en noir et blanc. Et les petits flocons duveteux qui tombent de façon continue ont l'effet d'une sourdine.

C'est, au contraire, en cinémascope et dans une atmosphère assourdissante de musique rock que la phrase écrite sur le miroir de la salle de bains passe et repasse sur l'écran de ma mémoire.

Ce que je ressens contraste autant avec le temps qu'il fait que le coton ouaté rouge de Bruno avec le jean et le blouson blanc que je porte ce matin.

Au coin de la rue, je croise un couple dans la vingtaine dont la femme est enceinte jusqu'aux yeux. Je ne cesse de me répéter: «Elle l'a fait. Elle l'a fait, c'est sûr.» Son mari aussi l'a fait, forcément.

Et ensemble, aussi étrange que ça puisse paraître. En effet, avec sa silhouette, son manteau noir et son foulard blanc, elle a tout du pingouin et lui, avec son format réduit et ses vêtements gris, il a l'air d'un petit poisson des chenaux, à côté d'elle. Ce qui ne les empêche pas de s'aimer. Et, si je ne me trompe pas, ils sont en train de chercher des prénoms pour l'enfant à venir. J'allais dire «le fruit de leur amour», franchement! Je suis devenue gaga, mais pas à ce point-là.

Je m'imagine, dans quelques années, au bras de Bruno avec ma grosse bedaine, marchant dans la neige blanche et cherchant des prénoms...

En attendant, je serre les sachets de condoms au fond de ma poche. C'est ce que j'ai de plus concret à me mettre sous la main. En effet, mon histoire avec Bruno est tellement incroyable: un vrai rêve... dont je n'ai absolument pas l'intention de me réveiller!

Je me mets à courir vers l'école, comme si je n'avais pas vu Bruno depuis des semaines. Je l'aime tellement! Il n'y a pas si longtemps, à cette seule idée, je me serais sauvée dans la direction opposée. Et, à la pensée qu'il m'aime aussi, j'aurais accéléré le pas. Mais voilà qu'aujourd'hui, je suis prête à courir le risque d'aimer, et à perdre haleine, à part ça.

Bientôt, je ne cours plus, je plane. Si haut que, tombant nez à nez avec le gros Maurice, je lui souris. Je mettrais ma main au feu qu'il était sur le point de me faire une de ses célèbres farces plates. Mais il est tellement surpris qu'il ravale la phrase prévue en même temps que sa gomme, et tout ce qu'il réussit à dire, c'est:

— Hé!... Léa Tremble, veux-tu rire de moi?!

En gardant le sourire et en lui témoignant une sympathie dont je me serais crue incapable, je réponds:

— Pas du tout. Tu pourrais décrocher de temps en temps, Maurice. Il y a autre chose que des farces plates dans la vie, tu ne trouves pas?

Maurice se fige. L'expression de ses yeux rappelle la bombe qui apparaît sur l'écran quand l'ordinateur de mon père se détraque. Habitué qu'il est de fonctionner à la bêtise et aux niaiseries, le cerveau de Maurice semble incapable d'enregistrer les gentillesses.

Au moment où j'entre dans l'école, j'entends une voix derrière moi. C'est Isa qui m'appelle.

Je me tourne vers elle, espérant retrouver enfin mon amie de toujours avec ses yeux brillants, son teint clair de bébé, ses cheveux blond naturel sans un poil qui dépasse et ses belles dents blanches qui sourient tout le temps, au lieu de la peine d'amour ambulante avec laquelle je dois composer chaque jour depuis des semaines.

Encore une fois, c'est une Isa les yeux gonflés de larmes, la peau rougie, les traits tirés, les poils qui dépassent de partout et le sourire en panne qui me répond.

— Léa, tu le fais exprès?

Si je comprends bien, elle m'a vue sortir

de chez moi — elle habite la maison voisine — et, depuis, elle essaie d'attirer mon attention.

— Bon, tu ne m'as peut-être pas entendue quand tu es passée à côté du couple qui s'engueulait...

— Quel couple, Isa?!

— Je ne peux pas croire que tu ne l'aies pas remarqué, la femme était énorme et le gars, mince comme un fil.

— Elle est enceinte...

— Pas du tout!

— Et ils ne s'engueulaient pas, ils cherchaient des prénoms...

— Ils se criaient des noms, tu veux dire!

Ou c'est moi qui vois tout en rose ou c'est Isa qui voit tout en noir.

— Ensuite, tu t'es mise à courir, poursuit Isa. Tu te sauves de moi ou quoi?!

— Excuse-moi, ces temps-ci, je suis tellement... euh!... J'allais dire: en amour. Inutile de tourner le fer dans la plaie.

— ... je suis tellement dans la lune.

Isa ne s'y trompe pas. Pas étonnant, avec les voyants lumineux en forme de coeur que je dois avoir en permanence dans les yeux.

— Depuis que tu as un chum, tu n'es

pas drôle, Léa Tremble.

— Toi, c'est depuis que tu n'as plus de chum que tu n'es pas drôle, Isa Lafond.

C'est sorti tout seul. Oh non! elle ne va pas se remettre à pleurer. Depuis que mon frère l'a laissée, il ne se passe pas une journée sans qu'à la moindre occasion deux ruisseaux de larmes se répandent sur ses joues.

— Je voudrais bien t'y voir, toi, Léa Tremble.

— Isa, reviens-en à la fin. Après toutes ces semaines, tu devrais commencer à te faire une raison. Il n'y a pas seulement mon frère Max sur la terre.

S'il y avait la moindre chance de la vider de sa peine en la secouant, je ne me gênerais pas. Mais la source semble intarissable.

— C'est lui que j'aime! Tout allait si bien entre nous et du jour au lendemain, plus rien, pas un mot. Il aurait pu, au moins, s'expliquer. Au contraire, il me fuit et quand, par accident, il me croise, il fait semblant de ne pas me voir. Comprends-tu ça?

— Depuis la séparation de mes parents, Max n'est plus le même. Il ignore mon père et c'est à peine s'il m'adresse la parole. Tout ce qu'il m'a dit à propos de toi, c'est qu'il voulait rester libre. Ne pas s'attacher.

Ce ne sont bientôt plus des ruisseaux, mais des torrents qui jaillissent de ses yeux.

— Il faut que tu te ressaisisses, Isa.

— J'essaie, Léa, mais je n'y arrive pas. On dirait que je ne crois plus à rien. Je suis tellement découragée.

— Arrête de pleurer... tout le monde nous regarde.

— Tout le monde s'en fout, tu veux dire.

Un bref tour d'horizon me permet de conclure que personne ne nous prête la moindre attention, en effet. Nous sommes pourtant au beau milieu du hall. La marée humaine qui s'y engouffre, en ce début de journée, doit même se fendre en deux pour ne pas nous écraser, mais elle se referme aussitôt, comme si de rien n'était. Je préfère me raccrocher au mince espoir que c'est plus une preuve de discrétion que d'indifférence.

Sans attendre davantage, Isa se dirige tête baissée vers le vestiaire.

— Isa...

Ah! et puis merde... Tant pis pour elle! Je ne sais plus par quel bout la prendre ni quoi lui dire, à la fin...

Un fait curieux, raconté par un zoologiste

l'autre jour à la télé, me revient alors à la mémoire. Il s'agit de deux rats ayant été surpris à marcher côte à côte en tenant entre leurs dents le même fétu de paille; on aurait pu chercher longtemps une explication à ce comportement inhabituel quand on a finalement découvert que l'un des deux rats était aveugle.

Je m'empresse de rattraper mon amie et, faute d'avoir un fétu de paille à lui offrir, je la prends par la main comme lorsqu'on était petites.

Sa main est étonnamment moite et légère. Isa fond de partout, on dirait; elle est en train de se dissoudre dans sa peine. À ce rythme-là, il ne restera bientôt plus d'elle qu'une petite flaque à mes pieds.

En entrant dans le vestiaire, je ne peux résister à jeter, mine de rien, un regard sur la case de Bruno. Isa aussi d'ailleurs, Max et Bruno occupant la même. Mais nulle trace de l'un ni de l'autre.

— Hé! regarde, Maurice: Isa et Léa sont aux femmes, maintenant?

Je n'ai pas besoin de me retourner pour savoir de qui ça vient. Si les vautours pouvaient parler, c'est assurément la voix d'Yvann qu'ils auraient.

On continue de marcher, jouant les indifférentes. Je m'attends à ce que, dans la seconde qui suit, l'espèce de meuglement servant de rire au gros Maurice fasse écho à celui d'Yvann, mais j'entends plutôt:

— Si tu n'as pas autre chose que des farces plates à raconter, je m'en vais!

Et Maurice plante Yvann là.

— Heu!... qu'est-ce qui te prend, le gros, ce matin? bafouille Yvann, sur le ton de quelqu'un qui viendrait de se faire retirer le tapis de sous les pieds...

— Toi, c'est dans la tête que tu es gros, lui lance Maurice en poursuivant son chemin.

Si je ne reconnaissais pas son inimitable démarche balourde et le bruit de frottement de ses cuisses l'une sur l'autre, j'aurais peine à croire qu'il s'agit bien de Maurice, l'éternel groupie d'Yvann.

Yvann le regarde, des trous de beignes à la place des yeux.

— Wo! pogne pas les nerfs!... Mau... Maurice, attends-moi...

On dirait quelqu'un qui, voyant tout à coup son ombre se détacher de lui, ne trouverait rien de mieux à faire que de chercher à la rattraper.

Toute à sa peine d'amour, Isa semble n'avoir rien entendu. Aussi incroyable que ça puisse paraître!

— C'était le premier..., tu comprends, lâche-t-elle en ouvrant la porte de la case.

— Mais pas le dernier... Comme disaient tes parents, l'autre jour: «La mère des garçons n'est pas morte.»

C'est un vieux cliché, mais rien d'autre ne me vient.

— Tout ce qu'ils veulent, c'est faire l'amour. Quand ils ont eu ce qu'ils voulaient, ils te plantent là!

Je n'ai pas le temps d'objecter que c'est le dépit qui la fait parler ainsi, car arrivant sur les entrefaites, Carla renchérit:

— Et qui se retrouve dans la merde, après? Nous autres!

Qu'est-ce qui lui prend, ce matin?

Carla, l'éternelle amoureuse, la spécialiste du coup de foudre! La passionnée de tout, mais surtout des gars. Celle pour qui la vie doit être pleine de renouvellements et d'aventures. «Il y a trop de beaux gars», répète-t-elle souvent. Et elle en change aussi joyeusement que de couleur de cheveux. Elle me fait penser à moi devant une boîte de chocolats: j'ai envie de les goûter tous.

C'est plutôt elle qui les laisse tomber, les gars, il me semble...

— Vraiment, Carla, tu n'exagères pas un peu? C'est sûr que si tu sors avec n'importe qui...

— Qu'est-ce que tu en sais? me renvoie-t-elle sèchement.

Elle doit encore attendre ses règles dans la panique; la pilule ne lui convient pas et elle ne veut pas entendre parler du condom. «Ce serait, dit-elle, comme se caresser avec des gants de caoutchouc.» Elle se protège donc des MTS en ne choisissant que «des gars qui ont l'air corrects», et prévient la grossesse «en comptant les jours». Pas étonnant qu'une fois par mois, elle ne soit pas un cadeau.

Sinon, le reste du temps, c'est une vraie boîte à surprise. Toujours habillée avec des trucs qui n'ont pas l'air d'aller ensemble, mais qui, sur elle, ont un charme fou. À vue de nez, elle porte aujourd'hui des vêtements d'au moins cinq couleurs différentes; sans compter son long foulard multicolore.

— Ne le prends pas mal, Carla. Je voulais simplement dire qu'en changeant souvent de chum, les possibilités de tomber sur de drôles de numéros augmentent.

— Les gars sont tous pareils, lance Élodie en guise de bonjour.

Il ne manquait plus que notre grande dragueuse nationale! Elle, ce n'est pas la dégustation qui l'intéresse, mais la collection... j'allais dire de papillons. J'ai en effet l'impression que, pour elle, l'école n'est qu'un immense terrain de chasse.

Elle a, ce matin, troqué le jean serré contre une jupe. Le mot jupe me semble un peu fort pour rendre compte de la mince bande de tissu qui entoure ses hanches. Et son t-shirt est tellement petit que je suis surprise que ses seins ne débordent pas dans les manches.

— Sur quoi tu te bases pour affirmer ça, Élodie Laflamme?

— Sur le nombre de chums que j'ai eus, Léa Tremble! Tout le monde ne peut pas en dire autant...

«Tout le monde» faisant plus particulièrement allusion à moi, si je ne m'abuse.

Elle peut bien parler, elle n'est jamais restée assez longtemps avec quelqu'un pour avoir remarqué la couleur de ses yeux. Ce qui lui importe c'est qu'on la regarde, elle.

— «Tout le monde» ne préfère pas la quantité, figure-toi. L'important, c'est la qualité. Bruno m'aime, lui, au moins.

— Ah oui?! Comment le sais-tu?

— Il me l'a dit.

— Ils disent tous ça, réplique je ne sais plus trop laquelle.

De toute manière, c'est du pareil au même, car je n'entends aucune protestation.

— Bruno accepte même de m'attendre le temps qu'il faudra.

— Vous ne l'avez jamais fait?! Il y a un siècle que vous sortez ensemble. C'est quoi, le problème? demande Élodie qui ne rate jamais une occasion de se prendre pour une sexologue.

Le regard en coin qu'elle lance à Carla laisse évidemment sous-entendre que c'est moi, le problème.

— On attend d'être prêts, si tu veux savoir. C'est important pour nous. «Tout le monde» n'est pas intéressé à s'envoyer en l'air avec le premier venu. Et... je suis sûre que c'est cent fois meilleur quand on s'aime d'amour.

— Il n'y a rien là! lance Isa, les yeux aussi secs qu'ils étaient mouillés il y a quelques minutes à peine.

Isa viendrait de nous révéler qu'elle est paraplégique ou atteinte d'une maladie incurable, qu'Élodie n'aurait pas un ton plus faussement compatissant.

— Tu es frigide?!

Nous allons avoir droit à un cours complet sur l'utilité de connaître les points sensibles de son propre corps, sur l'importance de la masturbation... Sans oublier les citations; il n'y a pas un seul article ni un seul livre sur le sujet qui lui échappe. C'est drôle, mais quelque chose me dit qu'elle n'a jamais été plus loin que d'en parler.

Cette fois, Isa ne lui en laisse pas l'occasion:

— Ce n'est vraiment pas le moment, Élodie. Tu viens, Léa?

— Une minute, je prends mes affaires...

Je m'attarde devant ma case, histoire de laisser à Bruno une dernière chance d'arriver, et c'est là qu'Élodie prend son petit air innocent:

— Hé! Léa, qu'est-ce que tu crois qu'il fait, ton Bruno, en attendant?

Sur le coup, je ne comprends pas de quoi elle parle et je n'insiste pas, je suis trop occupée à surveiller l'arrivée de mon chum. L'éclat de rire d'Élodie ne m'apparaît pas alors plus méchant qu'il faut. Ne me frappe pas non plus le regard plein de complicité malsaine qu'elle jette à Carla ni celui, courroucé, que cette dernière lui renvoie en la prenant vigoureusement par le bras et en l'entraînant hors du vestiaire.

— Il faut y aller, Élodie, sinon on va être en retard!

Qu'est-ce que Bruno fait ce matin? D'habitude, on s'attend pour se dire un petit bonjour et se donner un long baiser avant de se rendre dans nos salles de cours respectives...

Je dois patienter jusqu'à la pause de midi pour le voir enfin dans un coin de la cafétéria. Ou plutôt, c'est son éternel vieux sac à dos de l'armée que je distingue d'abord dans la foule. J'avais commencé par chercher une tête à la chevelure noir corbeau émergeant de son (mon) coton ouaté gris... Mais son réveil ayant, paraît-il, sonné un peu en retard, il a endossé le premier vêtement qui lui tombait sous la main: un affreux chandail kaki.

Tout se déroule à peu près normalement jusqu'au moment où la cloche sonne pour annoncer la reprise des cours. Je propose, l'air plein de sous-entendus, de nous retrouver chez lui en fin d'après-midi, mais il se défile en prétextant un examen de chimie à préparer avec mon frère. Et, sans que j'aie pu ajouter quoi que ce soit, il disparaît.

À la fin des cours, je descends vite au vestiaire pour l'attraper avant son départ. Ce n'est pas le genre de mon frère de passer une soirée entière à préparer un examen, surtout pas un vendredi soir; ces temps-ci, il n'a pas assez de soirs pour sortir. Rien ne nous empêchera donc, Bruno et moi, de nous voir plus tard.

Élodie m'a précédée au vestiaire. Pas seulement elle, si je comprends bien...

— Ne cherche pas Bruno, dit-elle sur un ton faussement coopératif, il est parti avec ton frère. Mais console-toi, tu as déjà un nouveau prétendant...

Réprimant un fou rire, elle désigne Maurice qui se détourne aussitôt et fait semblant d'être absorbé dans la contemplation du babillard. Pour ne pas laisser à Élodie l'occasion de se moquer de moi encore longtemps, je m'empresse de ramasser mes affaires. Maurice, franchement!

En quittant le vestiaire, j'entends Élodie ajouter, exprès pour moi, il me semble:

— Je me demande où est passée Carla...

Chapitre 3

Le septième ciel

Ce n'est pas parce que l'oiseau s'est envolé que je dois rester le bec dans l'eau. Je sors de l'école, bien décidée à me rendre chez Bruno afin qu'on s'entende pour se voir dans la soirée.

Au fur et à mesure que j'approche de chez lui, je sens ma détermination s'effriter et l'inquiétude m'envahir. Je ne cours plus d'un pas léger dans la belle neige blanche comme ce matin, je me traîne les pieds, au contraire, dans un mélange de neige, de sable et de sel.

Bruno ne semble pas être dans son état normal, ces temps-ci. Bien plus, aujourd'hui, j'avais l'impression qu'il me fuyait.

Mon frère me dirait que c'est le fruit de mon imagination effrénée. Hier encore, Bruno m'assurait de son amour... Enfin, me semble-t-il... Je n'en suis plus certaine, tout à coup. Il l'a probablement fait, et je m'inquiète pour rien. Et il m'accueillera à bras ouverts.

J'ai beau frapper et refrapper à sa porte, aucune réponse. Max et lui sont sûrement allés étudier chez maman; elle ne revient jamais de l'hôpital avant le début de la soirée.

Au moment de tourner les talons, je me rappelle que Bruno m'a déjà donné une clé, au cas où. Depuis, elle est restée au fond de mon sac. Je n'ai jamais osé m'en servir. J'aurais eu l'impression d'être indiscrète.

Mais aujourd'hui, j'ai un besoin fou de me réfugier dans l'intimité de son appartement. Avec l'espoir de recouvrer mes forces et ma confiance en Bruno... en moi... en nous... J'y resterai juste le temps de me réchauffer les pieds et les mains (sans oublier le coeur) et de lui laisser un petit mot d'amour.

Je parcours son royaume. C'est vite fait, il n'a que trois pièces: une mini cuisine, une salle de bains et une salle de séjour qui lui sert aussi de chambre à coucher.

Il y règne le désordre habituel. «Organisé», comme dit Bruno. Moi, j'appelle ça un fouillis. Lui s'y reconnaît les yeux fermés. À condition que la femme de ménage de son père n'y mette pas les pieds, même si c'est seulement pour balayer. «Je le sais tout de suite quand elle est venue et ça me prend des jours avant de m'y retrouver; je préfère m'en occuper moi-même.»

Je m'allonge sur le divan-lit en prenant soin de ne pas déplacer les livres éparpillés sur les draps. Certains ont été retournés ouverts pour ne pas perdre la page. Je ne sais pas comment Bruno arrive à lire autant de livres en même temps. Moi, quand j'en commence un, ou je tombe dedans et plus rien d'autre n'existe ou c'est le livre que je laisse tomber.

J'enfouis mon visage dans son oreiller. Respirer son odeur me rassure: un mélange d'eau de toilette, de shampooing et surtout de yogourt aux fruits dont il fait une consommation industrielle.

Quand je pense que ce soir même, dans ce lit... Peut-être... Car je ne suis plus trop sûre de savoir où j'en suis avec Bruno. Ou plutôt, où il en est avec moi. Si je pouvais donc deviner ce qu'il pense, lire dans son coeur à livre ouvert.

Je ne croyais pas que mon voeu allait être exaucé si rapidement. En me retournant, ce que je crois être un livre tombe par terre. Je m'empresse de le ramasser, pour découvrir qu'il s'agit du journal intime de Bruno.

(Je le reconnaîtrais entre mille pour l'avoir vu dans son sac à dos, la première fois que je l'ai rencontré sur la montagne: couverture noire rognée dans les coins, tranche verte...)

Il serait en flammes que je ne le laisserais pas tomber plus rapidement. Je me dirige vers la sortie aussi vite que si la pièce tout entière allait s'embraser. Tu dois sortir d'ici sans te retourner, Léa Tremble! Mais, plutôt que de m'enfuir, je reste là, la main sur la poignée de la porte, le front appuyé sur la vitre glacée.

Ce n'est pas suffisant pour me rafraîchir les idées. Et ne pouvant résister plus longtemps à l'attrait du danger — toujours personne en vue —, je reviens en douce vers l'objet de ma curiosité. De quoi ai-je peur? Il n'y a personne d'autre que moi dans la pièce. De moi, peut-être...

Je reste figée sur place, quelque chose m'interdisant d'y toucher. (Si j'écrivais un journal et que quelqu'un s'avisait de le lire, je le tuerais.) En revanche, je ne le quitte pas des yeux, espérant qu'il s'ouvrira par la seule force de mon regard, peut-être?

Finalement, la tentation est trop forte. Je m'assois sur le bord du lit, je prends le cahier du bout des doigts et je le laisse s'ouvrir au hasard. Je tombe sur la page où est insérée la photo de l'ami qui s'est suicidé il y a quelques mois; celle-là même qui s'en était échappée, à la montagne, ce fameux jour. L'immense chagrin que j'avais alors senti chez Bruno me l'avait rendu si touchant!

Je lis à vol d'oiseau, n'osant pas être résolument indiscrète. Mes yeux tombent sur le début d'un paragraphe:

Pourquoi fallait-il que ça arrive à mon ami P... alors qu'il y a tant d'imbéciles qui pètent de vie?...

Ailleurs:

Ah! P..., tu me manques tellement parfois...

Plus loin:

Quand je me mets à pleurer, c'est pire que lorsque j'étais petit, je ne peux plus m'arrêter...

Je le comprends; moi aussi, je repense souvent à cette fille de mon âge que ma mère soignait et qui a succombé à la leucémie. Je ne la connaissais pas beaucoup, et pourtant il ne se passe pas une semaine sans que je pense à elle. Le bandeau rouge qu'elle portait avant sa mort pour dissimuler la chute de ses cheveux flotte en permanence à la tête de mon lit...

En ce qui concerne Bruno, le gars qui est mort était son meilleur ami. Tout s'explique! Il en parle peut-être moins qu'au début, mais il y songe sûrement encore avec tristesse. Il est tellement sensible! Comme moi, d'ailleurs. Pas étonnant que nous nous soyons rencontrés.

Bon, ça suffit! Vite refermer le journal en prenant soin de remettre la photo à sa place! Il ne faut absolument pas qu'il se rende compte que j'y ai touché. Je ne tiens pas à être accusée d'indiscrétion; après tout, je n'ai rien découvert de nouveau.

Un bout de phrase me saute alors aux yeux, un peu plus loin dans le cahier:

... pourrais lui parler de ce que je vis avec Léa...

Je le referme aussitôt. Je n'ai absolument pas le droit de pousser la curiosité aussi loin.

D'un autre côté, si je pouvais connaître le fond de sa pensée..., je serais rassurée... Ou, peut-être, encore plus inquiète? Il vaut mieux ne pas prendre de risques.

Sur le pas de la porte — toujours personne en vue —, je me dis que je n'aurai peut-être jamais d'autre occasion de savoir aussi franchement comment Bruno se sent avec moi. N'est-il pas souhaitable de bâtir un amour sur la vérité?

Je reviens m'asseoir sur le lit et, tremblante, j'ouvre le journal à la page portant la date d'hier; il n'y a rien comme des nouvelles fraîches.

2 heures du matin

Ne réussis pas à m'endormir. D'habitude je lis une demi-heure ou une heure et ça me calme, mais là, rien à faire. Je n'arrive pas à me concentrer sur un livre. Le seul que je n'ai pas ouvert, c'est le bottin téléphonique. Mais je suis tellement obsédé que je tomberais sans aucun doute sur la page des

Tremble par la seule force d'attraction de ma pensée.

Léa Tremble! Ah P..., si tu la connaissais! Je suis sûr que tu trouverais qu'on fait un beau couple. Tu l'as peut-être déjà croisée. C'est la soeur de Max, elle a un an de moins que nous. Je l'ai remarquée peu de temps après que tu... Aucune autre fille ne m'a jamais fait cet effet-là.

Mon coeur se met à battre plus fort dans ma poitrine. Il me semblait bien que Bruno m'aimait et que je n'avais aucune raison de m'inquiéter.

Rassurée, je suis sur le point de refermer le journal, quand mon regard s'accroche dans le début de la phrase suivante:

Je la trouve si...

Difficile de ne pas poursuivre.

... différente des autres. Ce n'est pas toujours facile, car avec elle, il faut tout le temps que j'improvise, mais je n'ai pas l'occasion de m'ennuyer. On ne peut pas dire que ce soit une beauté, comme Isa ou Carla...

D'une main, les fleurs et, de l'autre, le pot! Il ne me trouve pas assez belle, c'est ça!? Je vais lui en faire une Isa ou une Carla!

... mais quand je la vois arriver avec sa petite face de souris, ses cheveux électriques, ses yeux bruns qui me font penser à des fusées à tête chercheuse et ses lèvres qui s'avancent comme pour embrasser lorsqu'elle prononce mon nom... c'est bien simple, je me sens fondre.

Ouf! Je préfère ça.

Elle est loin d'avoir la taille d'un mannequin...

Il me trouve trop grosse! Je me doutais bien que c'était quelque chose dans ce genre-là. Je ne suis tout de même pas pour arrêter de manger... De toute manière, quoi que je fasse, je ne serai jamais aussi mince que Carla ou Isa, je suis bien bâtie, je n'y peux rien. C'est foutu, alors.

... et elle ne se regarde pas marcher comme Élodie. Elle a un corps musclé d'allure sportive, surtout les seins.

Des seins musclés d'allure sportive?! Je ne suis pas sûre que je doive le prendre comme un compliment. La suite me rassure.

Juste d'y penser, je b... Passons. Je ne connais personne ayant autant d'énergie. Parfois, j'ai du mal à la suivre. Mais j'aime les filles qui ont l'air un peu garçon manqué sur les bords. Comme Léa m'a déjà dit qu'elle aimait les gars qui ont l'air un peu filles manquées sur les bords, on est faits pour s'entendre.

Alors, si je comprends bien, il n'y a pas de problème. C'est moi qui ai fabulé, encore une fois.

C'est vrai que Bruno n'a pas une allure sportive, mais il y a quelque chose d'irrésistible dans son corps de garçon qui a grandi trop vite. Le genre «monsieur Univers», très peu pour moi.

J'imagine qu'il arrive, maintenant — après que j'ai eu le temps de remettre le journal à sa place, évidemment. À cette seule idée, j'ai chaud, je respire plus vite et j'ai le coeur qui bat à deux cents kilomètres à l'heure. Sans compter l'étrange serrement au bas de mon ventre. Ce doit être ça, le désir. «Désir»!? Quand je pense qu'à l'époque où rien ne m'excitait plus qu'une assiettée de ravioli, je trouvais ce mot-là vieux et tellement niaiseux.

Une petite voix me dit que je devrais mettre fin à ma lecture, que j'en sais déjà assez. J'apprendrai bientôt pourquoi j'aurais dû l'écouter.

Qu'est-ce qui m'arrive alors? Depuis un bout de temps, je ne me comprends pas. On dirait que je n'ai plus hâte de faire l'amour avec Léa.

Je relis la phrase à deux ou trois reprises; cette fois-ci, c'est moi qui ne suis pas programmée pour avaler ça.

Au début, c'est la seule chose à laquelle je pensais. J'en rêvais même. Il m'est déjà arrivé d'avoir une érection, comme à 12-13 ans, en pleine cour de récréation, juste à la regarder jouer au foot.

J'étais prêt à l'attendre le temps qu'il faudrait. Et maintenant qu'elle commence à envisager sérieusement de faire l'amour avec moi, j'ai juste le goût de me sauver. Dès qu'elle y fait la moindre allusion, je décroche. En dedans de moi, c'est la panne, le noir total.

Ne me dis pas que je suis tombée sur un gars qui a des problèmes sexuels!?! Pour une fois que je trouve un gars à mon goût.

Des fois, je pense qu'il faudrait peut-être qu'on se parle, mais de quoi? Comment lui expliquer ce que je ne comprends pas moi-même?

Il n'est plus sûr de m'aimer, c'est ça?!

De toute manière, pressée de conclure comme d'habitude, Léa croirait tout de suite que je ne l'aime plus. Au contraire, plus ça va, plus je l'aime. Mais plus je l'aime, moins j'ai envie de faire l'amour avec elle.

Voyons donc, ça n'a pas de sens!

Je l'entends me dire que ça n'a pas de bon sens. Avec Léa, il faut toujours que ce soit noir ou blanc. Moi, je suis le plus souvent dans l'espace gris entre les deux. En ce moment, j'ai plutôt l'impression d'être au bord d'un précipice.

Quand elle parle de «notre première fois» avec la certitude que ce sera le plus beau jour de sa vie, tout ce qui me passe par la tête c'est que ça pourrait bien être le plus grand fiasco de la mienne.

Elle s'attend à quoi?! À un miracle?! D'habitude, elle a les deux pieds sur terre. Mais lorsqu'il est question de faire l'amour, elle plane tellement. Le septième ciel, c'est trop haut pour moi.

J'ai lu plein de livres sur le sujet... Je sais quoi faire... en gros. Je me suis bien rendu compte que dans les détails... Et Léa est maniaque des détails. Comme si on pouvait tout contrôler!? Si elle le peut, tant mieux pour elle. Moi, je n'y arrive pas.

Moi, maniaque des détails?! Moi, je veux tout contrôler?! Il n'oserait jamais me le dire en pleine face. Ce n'est tout de même pas ma faute si j'aime l'ordre, savoir où je m'en vais...

Je me suis exercé autant comme autant à mettre un condom: de la main gauche, de la droite, dans le noir, à la clarté, sous les draps ou par-dessus; je suis devenu tellement habile qu'un peu plus, je n'aurais pas besoin d'y toucher, il s'enfilerait tout seul.

Plutôt chouette, non? C'est pour des attentions comme celle-là que je l'aime autant. Il ne fait rien comme tout le monde, mon Bruno. Lui aussi ne ressemble à personne.

Mais si ça ne marchait pas!?!

Voyons donc! Pourquoi est-ce que ça ne marcherait pas?

Il faut qu'il tienne sur quelque chose, le condom. Et si j'étais tellement énervé que je n'avais pas d'érection...? Comme c'est déjà arrivé à P... Pourtant, c'était le gars le moins timide que j'ai jamais connu. Je m'imagine, moi...

Il me semblait que c'était automatique...

Ah! P..., si tu n'avais pas fait l'imbécile, on pourrait parler de tout ça aujourd'hui. Avec qui d'autre veux-tu que je discute de ces choses-là? Non pas que je veuille passer mon temps à en jaser comme les filles...

Vous autres, les gars, vous n'en parlez

jamais, ce n'est pas tellement mieux.

La plupart des gars ont tellement l'air au-dessus de leurs affaires. Il y a bien C... Mais ce n'est pas pareil.

«C...?! Je ne connais aucun gars dont le prénom commence par C.

Mettons que ça marche, mais que j'éjacule trop vite. Il semble que pour les filles, la jouissance soit plus compliquée que pour les gars. Pour nous, c'est simple... quand on est tout seul. Au moins, chez les filles, quand ça ne marche pas, rien ne paraît. Chez les gars, c'est évident.

Ah! et puis juste d'y penser, ça m'épuise. Je vais essayer de dormir un peu.

Du coup, je sens mes épaules baisser d'un cran et une espèce de paix m'envahir. Il a la trouille, lui aussi. Parfait! On est à égalité. C'est normal qu'il n'ait pas d'expérience, pour lui aussi ce sera la première fois. On apprendra ensemble, ce sera encore plus merveilleux. Cette découverte me fait l'aimer dix fois plus. Si c'est possible.

Je suis sur le point de refermer le journal

quand mon regard tombe sur la dernière phrase griffonnée d'une main dans laquelle il ne devait pas rester beaucoup d'énergie. Et je m'acharne à y chercher un trésor alors qu'il s'agit d'une bombe sur le point de me sauter à la figure.

Avec C..., ç'a été très simple, je n'étais pas son premier, elle avait de l'expérience et elle était tellement détendue.

«Avec C?!?» C pour... Carla!

Le coup est si violent que je vois des étoiles comme un personnage de bande dessinée venant de se faire assommer. Mais je suis loin du septième ciel, j'ai plutôt la sensation d'en tomber à une vitesse vertigineuse.

Chapitre 4

Entre chien et loup

Me revient alors le «Qu'est-ce que tu crois qu'il fait, ton Bruno, en attendant?» d'Élodie, ce matin. Le regard plein de sous-entendus qu'elle a jeté à Carla. Celui, plein de reproches, que cette dernière lui a lancé. Le rire sadique d'Élodie quand Carla a coupé court à la conversation en la tirant par le bras hors du vestiaire.

Tout ce temps-là, il faisait l'amour avec Carla!?!

Je reste là, «en état de choc», dirait ma mère. Sans faire de crise. Sans éclater en sanglots. Sans lancer violemment le journal par terre, comme on pourrait s'y attendre. Car la vitesse à laquelle je sens mon coeur tomber en bas de l'amour est si grande qu'aucune espèce de réaction de ma part n'est possible. Le seul mouvement perceptible dans la pièce est produit par le journal qui me glisse des mains.

J'ai l'impression d'être en train de me désintégrer. Ne restera bientôt de moi qu'une enveloppe de peau avec personne à l'intérieur.

Il me semblait bien que c'était trop beau pour être vrai. Fini le rêve. Brisé le film d'amour en cinémascope. Je reste assise devant un écran vide, n'ayant même plus la force de crier ma révolte au projectionniste. De toute manière, le héros de mon film est parti voir ailleurs si Carla y était.

«Je suis prêt à t'attendre le temps qu'il faudra», disait Bruno. Moi qui croyais qu'il était un ange de patience! Je comprends maintenant: en attendant, il y avait Carla.

«Ils sont tous pareils... Tout ce qu'ils veulent, c'est faire l'amour.» D'accord! Mais vous, les filles, tout ce qui vous intéresse c'est de défaire l'amour.

«Je t'aime tant.» Facile à dire, Bruno Yves. Je présume que tu répétais la même chose à Carla dès que j'avais le dos tourné!?! Non seulement ça, mais...

Tu pouvais bien critiquer ton père parce qu'il ne reste jamais très longtemps avec la même femme, ou ta mère qui s'est mariée trois fois. «Pas question que je fasse comme eux», affirmais-tu. Eh bien! tu es le digne fils de tes parents, Bruno Yves!

Pourquoi ne pas le dire carrément que tu ne veux plus de moi? Pas de danger! Tu es trop lâche. Monsieur a peur de ma réaction — exactement comme mon père qui a préféré tromper ma mère. Tu as raison d'avoir peur, je ne te le pardonnerai jamais, en effet — comme ma mère l'a fait avec mon père.

Pauvre maman! Pauvre de moi! Tout porte à croire qu'on est victime de trahisons amoureuses, de mère en fille, dans la famille.

Me voilà donc, le combiné à la main, en train de composer son numéro à l'hôpital. Je raccroche aussitôt. Difficile d'essayer de joindre ma pédiatre de mère à son travail. Pour ce qu'elle aurait à me dire, de toute manière... L'amour n'est pas son sujet de conversation préféré, par les temps qui courent. La dernière fois que j'ai essayé d'aborder le sujet avec elle, j'ai eu droit à:

«Je préfère ne pas en parler. Je suis loin

d'être une experte en la matière et je ne voudrais pas t'influencer. Après tout, je n'ai pas su mener ma barque... À la fin, avec ton père, je ne savais plus où j'en étais ni qui j'étais. Je ne le savais pas tellement plus, au début, d'ailleurs; c'est peut-être ça, la cause du problème... Maintenant, je ne désire qu'une chose, c'est me retrouver.»

«Pendant que tu es occupée à te retrouver, qui va s'occuper de moi?», n'ai-je pu m'empêcher de lui demander. «Il n'y a personne de mieux placée que toi pour le faire», m'a-t-elle répondu avec un sourire.

Quand je pense qu'il y a peu de temps, tout ce que je voulais, c'était qu'on arrête de me traiter en bébé et qu'on me fasse confiance; aujourd'hui, je donnerais n'importe quoi pour qu'on me berce.

Je sors de l'immeuble, ne sachant trop quoi faire ni où aller. À l'opposé de ma mère, tout ce que je désire, c'est me perdre, m'oublier quelque part pour ne pas sentir la douleur.

Il fait déjà sombre. C'est la période de l'année où les jours sont de plus en plus courts. S'ils pouvaient donc l'être au point de disparaître complètement! On est entre chien et loup, comme dirait ma grand-mère.

En parlant du loup... Le coin de mon oeil droit capte la présence d'un type qui presse le pas, me semble-t-il, dans ma direction; mon cerveau est toutefois incapable d'analyser l'information, n'ayant pas encore réussi à digérer les données précédentes.

J'hésite entre aller crier à Bruno ma façon de penser et, par la même occasion, lui lancer à la figure tout ce qui me tombe sous la main — mais il est chez ma mère et ça saccagerait le décor — ou me rendre chez Carla et lui mettre carrément mon poing sur la gueule.

J'ai toujours caressé le rêve secret de croiser la personne devant laquelle je me sentirais justifiée d'user de violence. Les gars passent plus facilement aux actes que les filles, on dirait. Tout ce qu'on sait faire, nous autres, c'est rêver...

Pas étonnant que mes pas m'entraînent vers la maison d'Isa. À deux, on produira peut-être suffisamment de larmes pour se noyer dedans.

Ce que je donnerais pour être capable de reculer dans le temps... C'était tellement plus simple avant, quand l'amour et les gars étaient les derniers de mes soucis. Je m'ennuyais à mourir, c'est vrai. Aujourd'hui, je ne souhaite rien d'autre que de recommencer à m'emmerder en paix. Vivement me retrouver à la case départ! Plutôt mourir que rester bloquée à la case désespoir.

Du coup, mon cerveau enregistre l'information stockée plus tôt. Un regard furtif me permet de croire que l'homme entr'aperçu tout à l'heure me suit réellement.

C'est probablement mon imagination qui me joue des tours encore une fois. Un homme peut marcher derrière une fille sans avoir nécessairement l'intention de la violer. Le trottoir appartient à tout le monde. Et puis, je ne connais pas grand-chose aux violeurs, mais je serais étonnée qu'ils s'embarrassent d'une valise. Ou plutôt d'une espèce d'étui de forme allongée pouvant contenir je ne sais trop quoi. Une mitraillette, peut-être?!

Ça suffit! Ce n'est pas parce que je viens d'être éjectée d'un film d'amour que je dois forcément atterrir en plein film d'horreur.

Une bonne façon de m'assurer qu'il ne me suit pas est de changer de trottoir. Je traverse la rue. Lui aussi. Il ne manquait plus que ça?!

Il est beau, ce monde dans lequel on ne

peut plus traîner tranquillement sa peine par les rues de la ville sans avoir peur de se faire attaquer par un «malade». Ce que je donnerais pour être capable de lui sauter dessus et pour lui faire payer pour tous les autres! La voilà, ma justification, non? Mais je suis loin d'être certaine de faire le poids.

Mon instinct de survie l'emportant sur mon désir de me venger du monde entier, je prends mes jambes à mon cou.

Ce que je n'avais pas prévu, c'était d'atteindre le Boulevard au moment où le feu passerait au rouge. D'un côté, le flot ininterrompu des voitures. De l'autre, une grande flaque de *sloche*. Derrière moi, le maniaque. Je n'ai pas le temps de choisir la flaque, c'est elle qui le fait avec l'aimable collaboration d'un cycliste d'une douzaine d'années se prenant pour un champion de motocross.

Je m'attends à tout de mon poursuivant, sauf à ce qu'il s'écrie à l'intention du garçon:

— Espèce de petit morveux, tu ne pouvais pas faire attention!?!

C'est la voix de Maurice?! Je n'en crois pas mes oreilles. Tout ce temps-là, le type à la drôle de valise, c'était Maurice. Je me tourne vers lui, du mépris plein les yeux.

Lui, il a déjà sorti de ses poches tous les mouchoirs de papier qu'elles contenaient et il amorce le geste d'éponger le bas de mon pantalon.

— Ton beau pantalon blanc! Si jamais je l'attrape, ce petit niaiseux-là, c'est la face que je lui mets dans la *sloche*.

Je hurle:

— Ne me touche pas, Maurice Ménard! Si je ne me retenais pas, toi, tu n'aurais plus de face du tout. Quand je pense que c'était toi qui me suivais?!

Il prend son air de chien battu: yeux ronds, oreilles molles, bouche ouverte. Un peu plus, il se mettrait à baver.

— Je voulais juste...

En revanche, moi, je dois me retenir à deux mains pour ne pas le mordre.

— Tu voulais juste me faire une autre de tes farces plates?! Eh bien! c'est réussi, j'ai eu la frousse de ma vie! Tu es content?! Yvann, c'est peut-être dans la tête qu'il est gros. Toi, c'est tout le contraire!

Je comprends à son air stupéfait que je viens de lui envoyer l'équivalent verbal de quelques bons coups de poing entre les deux yeux.

— Excuse-moi, Léa, je ne voulais pas te faire peur... Je sortais de chez mon prof... quand je t'ai vue... Je voulais seulement... marcher avec toi...

— Tu aurais pu le dire!

— Je n'étais pas sûr que... J'avais peur que tu...

Quand il est avec Yvann, il est capable des pires niaiseries, mais dès qu'il se retrouve tout seul, il n'a même pas le courage d'engager la conversation.

Je me détourne pour traverser au feu vert. Il me suit. Plus bouché que lui...

— Qu'est-ce que je dois faire pour que tu me fiches la paix, Maurice Ménard?

Je presse le pas. Lui aussi. Un vrai chien de poche.

— Tu te prends pour qui, Léa Tremble? Vous êtes toutes pareilles avec vos airs de princesses. Je le savais bien que tu te moquais de moi, ce matin. Pourquoi est-ce que tout le monde se fiche de moi?

— «Tout le monde» n'apprécie pas tes farces plates, figure-toi! Encore moins ton ami Yvann, le gars le plus bête et le plus détestable de l'école!

Dans un premier temps, il se porte vigoureusement à sa défense:

— Laisse Yvann tranquille. Si je ne l'avais pas... je serais toujours seul. Yvann... c'est mieux que rien.

Vers la fin de sa phrase, il y a des ratés dans sa voix. Au bout du compte, il fait plus pitié qu'autre chose.

— Excuse-moi, Maurice, c'est fini avec Bruno et je suis dans tous mes états. Moi aussi, je me retrouve toute seule...

— Toi au moins, tu es belle...

Malgré que je sois persuadée qu'il exagère, il est toujours agréable d'être flattée dans le sens du poil.

Nous marchons quelques instants en silence, si ce n'est du *squish squish* du pantalon de Maurice à la hauteur de ses cuisses. Je sais que ce n'est pas le moment, mais j'ai juste envie de lui dire: «Ta roue frotte.»

À l'écouter poursuivre d'une voix cassée, il y a autre chose qui ne tourne pas rond dans sa vie:

— Moi, chaque fois qu'une fille me plaît...

Il ne va pas se mettre à me faire la cour... D'accord, il est moins stupide que je pensais, mais ça s'arrête là. Je devrais m'efforcer de changer de sujet... J'attends la suite, au contraire.

— Pour vous autres, les filles, il n'y a que la beauté qui compte. Ce n'est pas parce que je suis gros...

Alors que je devrais faire l'inverse, je l'encourage:

— Tu n'es pas si gros...

Je le regarde à la dérobée: c'est sa figure de bébé sur son corps d'homme qui lui donne une drôle d'allure.

— Ce n'est pas parce que je ne suis pas beau à l'extérieur qu'à l'intérieur...

— Si tu ne te montres jamais sous ton vrai jour, comment veux-tu qu'on sache...?

— Il faudrait qu'on m'en laisse le temps. Dès que j'arrive quelque part, tout le monde se sauve. Pour Bruno, c'est facile, toutes les filles lui courent après.

— Il est peut-être beau, mais «à l'intérieur», c'est un écoeurant. Je ne veux plus jamais entendre parler de lui!

Je me mets à frissonner. Et le temps humide de cette fin de journée de décembre n'y est pour rien. Une chaleur tropicale n'empêcherait pas le thermomètre de mon coeur d'indiquer des températures bien au-dessous du point de congélation.

Me voyant souffler sur mes doigts pour la forme, Maurice insiste aussitôt pour me prêter ses gants doublés qui ont l'air si chauds. Je devrais refuser et poursuivre mon chemin toute seule, sinon il se fera des idées. Au contraire, j'accepte et je joue l'intéressée.

— Tu prends des leçons de quoi?

À ma grande surprise, il reste évasif:

— Des leçons...

— Qu'est-ce qu'il y a dans ta drôle de valise?

— Euh!, rien de spécial.

S'il pouvait, il se cacherait dedans.

— Tu voudrais qu'on s'intéresse à toi et dès que j'essaie, tu te fermes à double tour.

— Bon d'accord, je vais te le dire..., à condition que tu ne le répètes à personne. Je fais déjà assez rire de moi comme ça. Euh!... ça, c'est mon violon. Je sortais de chez mon prof.

— De violon?!

— Ce n'est pas de ma faute si la batterie ou la guitare électrique ne m'ont jamais intéressé. J'ai toujours été attiré par le violon. Je ne sais pas pourquoi.

C'est alors que Maurice me raconte qu'il prend des leçons de violon depuis presque dix ans et qu'il en joue même assez bien. J'ai du mal à imaginer un gros et grand gars dans son genre avec un archet entre les doigts. Mais à l'écouter parler de musique, à le voir caresser son étui de ses mains étonnamment longues et fines et à l'entendre m'expliquer le vibrato, je finis par croire qu'il possède ce qu'il faut «à l'intérieur» pour être un excellent violoniste.

Il est tellement passionné de son art qu'il en devient presque beau. On aura tout vu. Le gros Maurice?!

— Heureusement que j'ai ma musique! Quand tu es sûr que la fille que tu aimes ne voudra jamais de toi...

Ce n'est pas facile d'avouer à quelqu'un qu'on l'aime bien, finalement, mais qu'on n'en est pas amoureux. Encore moins de résister à la tentation égoïste d'entendre au moins un gars dans le monde nous dire qu'il nous trouve à son goût. Alors, j'insiste:

— Comment peux-tu en être sûr, Maurice?! Tu n'as rien à perdre à lui déclarer ton amour.

— Je ne suis pas fou. Comment veux-tu qu'Isa...?

Isa?! Je tombe de haut. Ça m'apprendra à me prendre pour une tombeuse, justement.

— Je n'aurais jamais dû te raconter ça, poursuit Maurice. Si les autres l'apprennent, je vais en entendre parler. Je t'en prie,

Léa, promets-moi de garder le secret...

— Ne crains rien...

Je n'ai nullement l'intention de répéter à quiconque que j'ai cru, l'espace d'une seconde, que Maurice pouvait être amoureux de moi. Même lui ne m'aime pas.

Quand j'arrive chez Isa, elle vient tout juste d'ingurgiter tout ce que son magnétoscope avait pu enregistrer de *soaps* durant la journée. On dirait la Belle au bois dormant qui viendrait de se réveiller! L'air qu'elle fait en voyant Maurice franchir le pas de la porte derrière moi: exactement comme si son prince charmant venait de se changer en crapaud!

Les signes désespérés qu'elle me lance pour que j'accepte, tout comme Maurice, l'invitation de ses parents — toujours aussi étourdissants de gentillesse et d'attention — à manger avec eux! Le «Je t'en prie, ne me laisse pas seule avec lui» que je lis dans ses yeux lorsque je repars!

Mais je suis obsédée par une envie féroce de voir la tête de Bruno quand je le confondrai. J'aurai au moins la mince consolation de le laisser avant que lui le fasse. Je suis loin de me douter que c'est bien plutôt moi qui en ferai toute une tête...

Chapitre 5

Le coeur dans la *sloche*

Il règne un je-ne-sais-quoi de trouble et de désespérant dans l'air. Le ciel est tout à fait noir maintenant. C'est encore pire dans ma tête; là, aucun lampadaire, aucun phare de voiture, aucune enseigne au néon, pas la moindre petite lueur au bout du tunnel.

Entièrement disparue, la belle neige blanche. Et, avec elle, ma chaude sensation de bonheur. L'amour n'est rien d'autre qu'une bordée de neige juste avant qu'elle tourne en *sloche*. Tu as le coeur en joie le matin et en eau, le soir.

Je m'approche du centre de la ville, essayant de me frayer un chemin à travers le troupeau de gens transis et harassés qui rentrent de leur travail. À chaque intersection, les automobiles nous disputent le peu d'oxygène disponible et les rares passages pour piétons. Ici, c'est la loi de la jungle qui prévaut. Comme dans les relations amoureuses.

Comment ma mère fait-elle pour vivre dans un quartier aussi bruyant et aussi pollué? «C'est vivant et tellement animé», ne cesse-t-elle de répéter. Tant mieux pour elle!

Je suis chaque fois étonnée d'atteindre le hall de l'immeuble où elle habite avec tous mes morceaux. Je dois avouer qu'aujourd'hui, ce n'est qu'en apparence. Car, intérieurement, je suis en lambeaux.

Et si Bruno n'était pas là?! Il m'a peut-être fait accroire qu'il étudiait avec mon frère pour pouvoir passer la soirée avec Carla? Je le pourchasserai jusque chez elle, s'il le faut.

La première chose que je vois sur le plancher du salon en ouvrant la porte, c'est son vieux sac à dos de l'armée. Puis son foulard multicolore, à elle. Non seulement Bruno est là, mais Carla aussi?!? J'ai un de ces coups au coeur...

Max étire le cou hors du canapé moelleux neuf de maman et, pour meubler le silence provoqué par mon arrivée, bredouille quelque chose comme:

— Laisse tes bottes dans l'entrée! Maman aurait une attaque s'il fallait qu'on salisse son beau tapis.

Bruno blêmit, me semble-t-il, et s'enfonce au contraire davantage dans le fauteuil placé en coin...

— Ah! Léa...?!

Assise en tailleur sur un gros pouf devant eux, Carla profite du moment où j'enlève mes bottes pour faire subrepticement signe à Bruno et à Max — parce qu'en plus, mon frère est de connivence?! — de tenir leur langue. Que je la leur arracherais donc!

Je me sens, en effet, envahie par de terribles impulsions de vengeance. Les scènes les plus atroces et les supplices les plus barbares tirés des films d'horreur que j'ai vus se mettent à défiler à une vitesse folle dans ma tête.

J'imagine le sang sur la belle moquette neuve de maman... Mais je suis trop bien élevée, trop civilisée pour être capable de passer aux actes.

En revanche, je m'approche, avec la ferme intention de les bombarder de verbes lame-de-couteau-longue-comme-ça, d'adverbes fléchette-empoisonnée, d'adjectifs scie-mécanique, mais mes propres armes restent coincées dans ma gorge. Tout ce que je m'entends dire dans un mince filet de voix, c'est:

— Il me semblait que vous deviez étudier?!

Carla, qui attendait l'occasion d'entrer en scène, déplie ses longues jambes qui n'en finissent plus. Je ne sais pas comment elle s'y prend, mais elle n'a qu'à faire un geste pour attirer tous les regards. Du style, voilà ce qu'elle a de plus que moi! Et ça me rend malade.

— J'allais partir à l'instant, susurre-t-elle, en se levant. Je vous laisse travailler, les gars.

Il faut la voir dans son numéro de chat qui s'étire. À bon chat, bon rat, ma chère!

— Toi, c'est plutôt l'art de trahir tes amis qui t'intéresse, hein, Carla? Et tu n'as pas besoin de l'étudier, de faire le moindre effort pour l'apprendre, tu as des dispositions naturelles.

Carla fait l'innocente.

— De quoi parles-tu?!

Avec des gestes félins et un air faussement inspiré, elle enroule autour de son cou le foulard multicolore de deux mètres de long qu'elle a tricoté. Si je ne me retenais pas, je l'étranglerais avec.

— Tu sais très bien de quoi je parle, Carla. Ah! et puis, débarrasse le plancher, sinon je ne réponds plus de moi!

Ça lui coupe l'inspiration. Max vient à sa rescousse: c'est le comble!

— Qu'est-ce qui te prend, Léa!? Carla est mon invitée, alors, laisse-la tranquille!

La pauvre petite chatte ne trouve rien de mieux pour plaider sa cause que de minauder:

— Veux-tu bien me dire ce que je t'ai fait, Léa?!

— Je suis au courant de tout, si tu veux savoir!

Carla se fige, l'air d'une comédienne à qui on viendrait de voler la réplique. Puis, le regard furieux, elle se tourne vers Max:

— Moi qui pensais que je pouvais te faire confiance...

Mon frère la regarde, déconcerté. Carla revient vers moi:

— Je ne vois pas en quoi ce qui m'arrive te dérange, Léa Tremble! Si j'avais voulu un sermon, j'aurais tout raconté à ma mère.

Et elle prend le chemin de la porte, bientôt suivie par Max.

— Carla, je n'ai rien dit. Je te le jure..., bredouille-t-il.

— Bien sûr..., laisse tomber Carla.

Elle décroche rageusement son blouson du portemanteau, enfile ses bottes et quitte les lieux.

Max se lance aussitôt sur ses vêtements qu'il avait également laissés dans l'entrée.

Qu'est-ce que je deviens, moi, là-dedans? Je ne le lui envoie pas dire:

— Et ma confiance en toi, Max, tu t'en es foutu? Je n'aurais jamais cru que tu pouvais descendre aussi bas...

Tout ce que j'obtiens comme réponse, accompagnée de l'éloquent geste circulaire du doigt près de la tempe, c'est:

— Ça ne va pas là-dedans?! Tu as complètement perdu la tête ou quoi, Léa Tremble?!

Et il claque la porte derrière lui.

C'est là que Bruno, qui s'est fait tellement discret depuis le début que je l'avais presque oublié, s'extrait à moitié de son fauteuil:

— Je dois avouer que je ne saisis pas très bien...

Il est peut-être fort en chimie, mais il ne

comprend rien aux réactions humaines en général et aux miennes en particulier. S'il croit que son semblant de calme aura le moindre effet sur ma panique... Autant essayer d'éteindre un feu en jetant de l'huile dessus.

L'embrasement est immédiat:

— C'est fini! F-i-n-i. Fini! Comprends-tu ça, Bruno Yves?!

Il sourcille à peine.

— Qu'est-ce qui est fini?!

— Toi et moi! Il fallait qu'un des deux ait le courage de le dire.

— Sans blague?!

Non seulement il ne me prend pas au sérieux, mais il joue tellement bien son jeu que, pendant un quart de seconde, il me convainc presque que tout est l'effet de mon imagination.

— Tu le sais mieux que moi, Bruno Yves. Pendant que je me morfondais en t'attendant, vous complotiez tous les trois dans mon dos.

Il se lève et tente de se rapprocher. Je passe derrière le pouf.

— «Comploter dans ton dos?!» De quoi parles-tu à la fin?

— Je sais tout au sujet de Carla!

Il ne rougit pas de honte, ne cherche pas d'excuse, ne proteste pas pour la forme, c'est à peine si je sens un peu de curiosité et de surprise dans sa voix.

— Comment le sais-tu? Qui te l'a dit?

Je viens de découvrir qu'il a fait l'amour avec une autre fille, et tout ce qui l'intéresse, c'est ma source d'information!?!

Il pourrait se sentir un peu coupable ou mal à l'aise, ou au moins faire semblant de l'être; je ne sais pas, moi! Peut-on se tromper à ce point-là?

Moi qui croyais le connaître, après toutes ces semaines passées avec lui. Celui que je prenais pour un gars franc, direct et chaleureux se révèle fourbe, hypocrite et insensible.

— C'est tout l'effet que ça te fait, Bruno Yves?!

— Je peux juste espérer que ce soit une fausse alerte. Je ne comprends toujours pas comment tu l'as su...

Je ne vais tout de même pas lui avouer que je lisais son journal quand, par hasard, je suis tombée sur la vérité.

— Il faut croire que tout se sait, Bruno Yves.

Avec une maîtrise incroyable de lui-même, il poursuit.

— Carla ne voulait surtout pas répandre la nouvelle. Max l'a appris au moment où elle lui a demandé le numéro de téléphone de ta mère à l'hôpital. Quant à moi, j'étais présent tout à l'heure, lorsque ta mère a rappelé pour lui donner un rendez-vous. Pauvre Carla! S'il fallait qu'elle soit vraiment enceinte...

«Enceinte», le mot retentit dans ma tête. Je sens mes jambes fléchir sous moi. Prenant appui sur le pouf, je m'assois.

Je suis en train de me consumer sur place et Bruno poursuit sur un ton aussi détaché que s'il parlait du dernier épisode d'un *soap* à la télé. Je l'entends vaguement me raconter que le test acheté à la pharmacie ne réagit qu'à partir du xième jour de la grossesse... Que Carla n'a toujours pas ses règles et tous les symptômes...

Carla, enceinte de Bruno!?!

Je m'entends dire dans un état second:

— Et, en plus, elle est peut-être enceinte...

— Évidemment, elle panique. Pourquoi prend-elle des risques comme ceux-là?!

Je fais un cauchemar et je vais me réveiller.

— Elle est enceinte de toi et ta seule réaction, c'est de la blâmer?!

Il se rassoit pesamment dans son fauteuil. Avant qu'il détourne la tête, j'ai le temps de voir son regard s'embrouiller.

— «Enceinte de moi?» Tu es folle! Comment veux-tu qu'elle soit enceinte de moi?

— Comme tout le monde!

— Voyons donc... Carla enceinte de moi?! Impossible!

Sa grande mèche de cheveux passe et repasse devant ses yeux à la manière d'un essuie-glace.

Je m'approche de lui et je braque mes yeux sur les siens:

— Viens me dire à trois centimètres de mon nez que tu n'as jamais fait l'amour avec elle.

L'essuie-glace s'arrête, impuissant à chasser la panique de son regard.

Mes mains deviennent moites, mon visage s'enflamme et je sens des sueurs froides me couler dans le dos.

Tout ce qu'il trouve à dire, dans un souffle, c'est:

— Comment l'as-tu su?!

Dans ma poitrine, mon coeur se débat comme un fou. Je me laisse retomber sur le pouf derrière moi.

— Comment as-tu pu..., Bruno Yves?!

Je lui jette un regard désespéré. Il va sûrement répondre que c'est une blague ou je ne sais trop, mais non, il baisse les yeux.

Je suis sur une table d'opération et le médecin qui m'a ouvert le coeur vient de me planter là sans même avoir pris la peine de refermer la plaie.

— Je ne sais pas... C'est arrivé comme ça... un soir... par hasard, finit-il par bredouiller.

Je n'ai jamais eu aussi mal de toute ma vie.

— Moi qui voulais qu'on fasse ça par amour... Et toi, tu le fais par hasard avec une autre?!

Mon menton se met à trembler frénétiquement tellement je me retiens pour ne pas pleurer. Pas question que je lui donne ce plaisir-là, en plus.

— Toi, ce n'est pas pareil, je t'aime, dit-il, la voix tremblante.

Il ne manquait plus que ça! Lui aussi ne donne pas sa place sur une scène.

— Depuis quelque temps, tu te sauves de moi, par amour, et tu fais l'amour avec Carla, par hasard, c'est ça??!

— Si j'avais su que tu aurais autant de peine, Léa...

— Comment peux-tu faire l'amour avec quelqu'un que tu n'aimes pas?

— Avec toi, j'ai le trac, si tu veux savoir! Il faudrait toujours que tout soit parfait..., bafouille-t-il.

— Alors tu répètes avec Carla?!... Très généreux de sa part.

S'il pouvait, il disparaîtrait dans le rembourrage du fauteuil.

— C'est arrivé une seule fois, répond-il, la voix de plus en plus éteinte. Au début, je ne voulais pas...

Ma voix n'est pas tellement plus éclatante.

— Et maintenant, elle est peut-être enceinte de toi...

Voilà qu'il joue les insultés. Elle est bonne, celle-là!

— Me crois-tu assez fou pour ne pas avoir mis un condom!?

Comme si ça arrangeait tout. Je vois rouge.

— C'est sur mon coeur que j'aurais dû mettre un condom quand je t'ai rencontré!

— Léa, Carla n'est qu'une copine. Je l'aime bien, c'est tout. Et elle aussi. Ce qui est arrivé ne change rien à ce que je ressens pour toi, bafouille-t-il, des sanglots dans la voix.

Il peut bien me faire le coup de la larme à l'oeil, ça ne prend pas.

— Pour moi, ça change tout! Je me sens trahie, Bruno Yves. Comment veux-tu que je te fasse confiance, maintenant?

Sur ce, j'enlève le coton ouaté rouge qu'il m'a donné comme s'il s'agissait d'un vêtement contaminé — heureusement que j'ai un t-shirt en dessous!

Bruno lève piteusement les yeux vers moi:

— Léa, calme-toi! Laisse-moi t'expliquer...

— Il n'y a rien à expliquer, j'ai tout compris!

Je n'ai peut-être pas leur talent de comédien, à tous les deux, mais pour les baissers de rideau, je ne donne pas ma place.

Je lui jette alors mon (son) coton ouaté rouge sang à la figure et je me précipite vers la sortie. Dans un flash, je revois mon père et ma mère, le soir où ils se sont presque lancé leur alliance.

— Ah! et puis merde, Léa, on n'est pas mariés! Je ne suis pas ta propriété exclusive!

Juste avant de claquer la porte, je l'entends ajouter:

— Il faudrait toujours que ce soit comme tu l'as décidé, Léa Tremble!!!

Chapitre 6

Tu l'aimes tant que ça?

Comme si j'avais besoin de ça pour me sentir transpercée jusqu'aux os, une pluie verglaçante tombe maintenant pesamment.

Je me fais l'effet de marcher sur du verre. Ou plutôt sur une patinoire dont la couche de glace serait des plus minces. En dessous, rien. Que du vide. Le néant.

Mon cerveau fonctionne au ralenti. J'imagine ses circuits aussi rigides et glacés que les branches des arbres. Quant aux larmes, elles sont figées dans le glacier qui m'enserre le front et les tempes.

De temps en temps, je prête l'oreille, avec le mince espoir de reconnaître le pas de Bruno derrière moi et de l'entendre prononcer la formule magique qui résoudrait tout. Mais, au fur et à mesure que j'approche de chez moi, les rues se font, au contraire, de plus en plus désertes et le silence, de plus en plus lourd.

L'escalier de la maison étant devenu impraticable, je me hisse finalement sur le perron comme on le ferait sur une banquise.

Bruno est quelque part sur une autre banquise et nous nous éloignons l'un de l'autre à une vitesse folle, dans l'immensité froide de la vie.

À l'heure qu'il est, papa aura sûrement déjà mangé. S'il y a quelque chose qui est, en ce moment, le dernier de mes soucis, c'est bien la nourriture! Il me suffit de savoir qu'il est là à m'attendre.

Depuis que maman et lui ne vivent plus ensemble, il est beaucoup plus présent. Dommage que leur séparation ait coïncidé avec l'arrivée de Bruno dans ma vie. Le nombre de fois que j'ai dû refuser à mon père d'aller au cinéma ou à un match de hockey avec lui! On va pouvoir se rattraper, mon petit papa d'amour. Maintenant, j'ai tout mon temps. Tellement que ça me désespère...

En fouillant dans mes poches pour trouver ma clé, je réalise le piteux état dans lequel sont mes vêtements. En particulier, le bas de mon pantalon qui est couvert de *sloche* durcie par le froid. En passant devant le miroir du vestibule, j'entr'aperçois ma tête. Hirsutes et givrés comme ils le sont, mes cheveux semblent, à tout jamais, figés dans un mouvement de terreur.

Mon premier regard va à la table du téléphone près de l'escalier qui monte à l'étage: aucun message. Comment pourrait-il en être autrement? Afin que mon père ne se doute de rien, il a été convenu entre Bruno et moi qu'il éviterait le plus possible de téléphoner ici. Sauf en cas d'urgence.

N'est-ce pas un cas urgent? Il faut croire que non. Finalement, ça fait son affaire que je le laisse. J'ai été plus rapide que lui, c'est tout. Moins lâche, surtout.

À mesure que je pénètre plus avant dans la maison, je sens une douce chaleur; en surface seulement, car il faudrait beaucoup plus que des radiateurs pour me réchauffer le coeur.

Je distingue alors de la lumière au fond du couloir menant à la cuisine. Mon père est là! Probablement en train de siroter une dernière tasse de thé en m'attendant.

«Que t'est-il arrivé?! demandera-t-il, compatissant. Va vite m'enlever ces vêtements mouillés, pendant que je te prépare une bonne boisson chaude.»

Ce que je donnerais pour que mon père m'enveloppe dans un édredon comme quand j'étais petite, m'assoie sur ses genoux, me fasse boire mon chocolat chaud à petites gorgées et me berce jusqu'à ce que je m'endorme dans ses bras, repue de chaleur et de confiance.

Les murmures qui me parviennent bientôt de la cuisine me font craindre, au contraire, une autre trahison à l'horizon. Je n'ai pas aussitôt mis les pieds dans la pièce que je reconnais le parfum de l'ennemie. Non seulement mon père a-t-il recommencé à voir Denise Beauséjour, mais il a eu le culot de l'inviter ici!?!

Comme il fait face à la porte, c'est lui qui m'aperçoit en premier. Ma mère viendrait d'apparaître qu'il n'aurait pas l'air plus surpris. Quant à l'autre, je vois du coin de l'oeil sa crinière de voleuse de mari faire un quart de tour alors qu'elle dirige son visage vers moi. Elle ne baisse pas les yeux, rien. Je crois même qu'elle esquisse un sourire de bienvenue. Dans ma propre maison?!?

Je suis sans voix — ce qui m'arrive très rarement —, ne cessant de me répéter intérieurement la même et unique phrase: «Elle est assise dans la chaise de maman. Elle est assise...»

Mal à l'aise, mais pas autant que je l'aurais imaginé, mon père demande en se raclant la gorge:

— Léa?!... Tu ne devais pas rentrer avant dix heures?...

Parce que maintenant, c'est ma faute. Il n'en faut pas plus pour que je retrouve l'usage de la parole.

— Tout ce temps-là, tu la voyais en cachette, c'est ça?! lui dis-je, l'air supérieur.

— J'ai l'impression que je ne suis pas le seul à faire des cachettes. Ton amie Isa a téléphoné tout à l'heure. Oh! rien d'important, juste pour jaser... Il me semblait que tu devais travailler avec elle...

Je le savais bien qu'un jour ou l'autre mon mensonge me retomberait sur le nez.

— Ne change pas de sujet, papa! Si tu n'essayais pas toujours de diriger ma vie, aussi...

— Que crois-tu être en train de faire avec la mienne, ma fille?

J'ai juste envie d'empoigner la nappe et

de lancer par terre tout ce qui s'y trouve. Mais je suis trop poule mouillée. Et non seulement j'en ai la chanson, mais j'en ai l'air, avec le givre qui fond dans mes cheveux et qui dégouline sur mes joues. Impossible de se sentir plus démunie.

— De toute manière, je ne dirige absolument rien...

Mon père en profite.

— Je suppose qu'il y a un garçon là-dessous?!

— J'espère bien! Voyons, Émile, c'est de son âge, lance la Beauséjour en sous-entendant: «Je comprends les jeunes, moi.»

Un peu plus, elle me fait un clin d'oeil!! Mon père lui jette un regard surpris. Le mien est outré. Non contente d'être assise à la place de maman, elle croit pouvoir se mêler de mes affaires!?! Je ne le lui envoie pas dire.

C'est à peine si je vois passer l'ombre d'un émoi dans ses yeux bruns aux reflets cuivrés assortis à ses cheveux. Elle me regarde sans un mot. Moi, je la dévisage. Pas le moindre bouton sur le nez, pas l'ombre d'un début de moustache sur la lèvre supérieure, pas la plus petite ride sur laquelle me rabattre; son visage est lisse comme dans les magazines. Après un silence qui semble avoir duré une éternité, elle dit d'une voix posée à me faire grimper dans les rideaux:

— Écoute, Léa, je n'aspire pas à remplacer ta mère. Pas plus que je ne revendique ton amitié. À la limite, on n'a même pas à se voir; il suffit d'un peu d'organisation. Mais ne compte pas sur moi pour disparaître de la vie de ton père. J'ai longtemps attendu un amour comme le nôtre et j'ai l'intention de tout faire pour le garder.

Le regard que mon père et elle échangent à ce moment-là! Le genre de regard cloche-de-verre, serre-chaude, dans lequel il n'y a de place pour personne d'autre. Le genre de regard que Bruno et moi échangions souvent, avant que...

Si je comprends bien, je suis de trop partout. La gentillesse de mon père dans les premiers mois de la séparation, c'était pour m'amadouer. Chassez le naturel... je devrais dire l'égoïsme... et il revient au galop. Maintenant c'est: «Va voir ailleurs si j'y suis, Léa.»

Au moment où je tourne les talons pour aller me réfugier dans ma chambre, le téléphone sonne. Mon père étire le bras vers l'appareil mural, derrière lui... L'espace d'une seconde, j'espère que c'est Bruno... Non, Carla.

— Je ne suis là pour personne, surtout pas pour Carla!

Je ne suis même pas là pour moi.

Je me rappelle vaguement être montée à ma chambre. Absolument pas de m'être mise au lit. Je crois bien m'être laissée tomber dans le sommeil comme une poche de sable au fond de l'eau.

Le visage bouffi que j'ai le lendemain au réveil! Je descends l'escalier menant au rez-de-chaussée avec l'allure d'une personne qui sort d'un coma ou d'une anesthésie générale (d'après ce que m'en a déjà dit ma mère). Ça ne m'empêche pas de remarquer la lettre dans l'entrée. Bruno l'aura glissée sous la porte.

Je me rends vite compte qu'elle vient de Carla. Je ne sais pas ce qui me retient de la jeter à la poubelle. La curiosité de savoir jusqu'où on peut pousser la méchanceté, peut-être?

Léa,

Je sais maintenant que ce n'est pas ce que je pensais que tu savais que tu sais...

En tout cas! J'espère que tu comprends ce que je veux dire. Je n'ai pas comme toi la bosse de l'écriture. Mais comme tu refuses de me parler au téléphone...

Je veux seulement que tu saches que je n'ai pas pensé mal faire. Je n'ai pensé à rien, si tu veux savoir. Si je m'étais douté que tu pouvais l'apprendre et, surtout, que tu le prendrais si mal, j'aurais passé mon tour.

Au début, Bruno ne voulait pas, car il t'aime vraiment. Il craignait que je me fasse des idées et tout et tout. Il n'arrêtait pas de me répéter qu'il m'aimait bien, mais sans plus. Heureusement, car j'aurais pu être tentée de m'en faire, des idées. C'est tout un numéro, ton Bruno, beau comme un dieu à part ça. Et j'aurais peut-être manqué à ma promesse de ne pas m'attacher à un garçon avant d'avoir terminé mes études de comédienne. Ce métier-là demande tellement d'énergie et tout et tout. Mais je ne vais pas te raconter ma vie.

C'est moi qui ai insisté. On jasait comme ça et il me disait à quel point faire l'amour avec toi l'énervait. Il avait tellement peur de te décevoir, vu son peu d'expérience et tout et tout. Alors, moi...

Qu'est-ce que tu veux, je n'accorde pas autant d'importance que toi à ces choses-là. Pour moi, faire l'amour, ce n'est pas la fin du monde. Je sais que tu me trouves trop facile, pas très sérieuse, et tout et tout, mais il me semble que toi, tu pourrais te détendre un peu.

D'accord, j'ai pris des risques, mais je pense que cette fois-ci, j'ai ma leçon. J'espère que je n'aurai pas à le payer trop cher. En tout cas! Si ça peut te consoler, ton chum, lui, n'en prend aucun; de toute façon, les dates ne coïncident pas.

J'ai bien pensé, après coup, que tu étais le genre à être jalouse. C'est la raison pour laquelle je n'ai rien dit à personne. Sauf à Élodie. J'aurais pu la tuer quand elle a failli s'ouvrir la trappe dans le vestiaire. Depuis, je lui ai fait jurer de tenir sa langue. Bruno n'en a pas parlé non plus. Alors, comment l'as-tu su? Tu lis dans les pensées ou quoi?

Je t'assure que Bruno n'en menait pas large quand il m'a appelée en rentrant chez lui, hier soir. C'est toi qu'il aime et tout et tout. Donc, si tu l'aimes aussi, ne t'enfarge pas dans les fleurs du tapis.

Carla

Plus je lis la lettre de Carla, plus j'en veux à Bruno. Non seulement il m'a trompée avec elle, mais, trop lâche pour plaider sa cause lui-même, il est obligé de recourir à Carla.

Quand j'aperçois mon père assis à sa place, en entrant dans la cuisine, j'enfouis la lettre dans la poche de ma robe de chambre. Il est cependant plus difficile d'en chasser le contenu de mon esprit «et tout et tout». Si seulement je pouvais parler à papa de ce qui m'arrive...

— Il y a du lait chaud si tu veux te faire un chocolat, dit-il sur un ton qu'il veut le plus chaleureux possible. Et je suis allé chercher des croissants.

Des croissants?! Je vais avoir droit à son grand numéro de séducteur.

Je me sers et je m'assois en évitant de le regarder dans les yeux. Car quand mon père a ce genre d'intention, il sort des boules-à-mites son irrésistible regard de charmeur de serpents.

Il se verse une autre tasse de café.

— Léa, il faut qu'on se parle..., dit-il, la voix aussi sucrée que les deux cuillerées de miel qu'il met dedans.

«Qu'on se parle» de lui, encore une fois!

Je continue à manger comme si de rien n'était. Qu'il ne s'imagine pas que je vais lui faciliter la tâche.

— Léa...

Le téléphone sonne, les battements de mon coeur s'accélèrent.

— Tu attends un appel? demande mon père en décrochant.

— Non... non...

C'est la Beauséjour, je le sens tout de suite à la façon dont mon père lui dit qu'il va la rappeler.

— Encore elle?! ne puis-je m'empêcher de lâcher entre les dents.

Il me répond avec toute la tendresse dont il est capable:

— Elle était inquiète. Elle craint d'avoir été trop raide avec toi, hier soir. Léa...

Je lève les yeux vers lui. Je suis perdue.

— Tu l'aimes tant que ça, papa?...

— Si tu la connaissais, toi aussi, Léa, tu...

— Il ne faut pas trop m'en demander...

— Et toi, ce garçon dont tu attends impatiemment le téléphone, tu l'aimes tant que ça? Car il s'agit bien d'un garçon, n'est-ce pas?

J'avale de travers.

Pendant que je me demande comment il

a fait pour deviner — moi qui croyais qu'il avait autant d'intuition qu'une cuiller à café — il se met à parler avec nostalgie du bébé joufflu que j'étais, il n'y a pas si longtemps encore... «Avant que j'aie eu le temps de m'en rendre compte, ma petite fille chérie était déjà devenue une femme...»

Je sens un brin de fierté à la façon dont il prononce le mot «femme». Mais il a tôt fait d'enchaîner avec une remarque du genre:

— J'espère que tu n'as pas fait... euh!... de bêtises...

— Papa, franchement!?!

— Si j'ai un conseil à te donner...

— Pourquoi faut-il toujours que tu me donnes des conseils?

— Déformation paternelle, probablement. Il faut croire que les parents ne peuvent pas s'empêcher d'essayer de changer leurs enfants, répond-il en soupirant.

— Et les enfants, leurs parents.

Je suis la première étonnée d'avoir dit ça. Le visage de mon père s'illumine et il me fait un clin d'oeil complice. C'est alors que je réalise l'énorme pas que nous avons fait l'un vers l'autre et, soudain, je nous aime tellement, mon père et moi. L'espace d'un instant, plus rien d'autre n'existe.

Mais le visage de mon père ne tarde pas à s'assombrir. Quand il a ce regard bleu ciel avec des nuages dedans, c'est qu'il est sur le point de me demander des nouvelles de Max.

Je voudrais tant pouvoir lui répondre que Max ne lui en veut plus et le voir sourire de nouveau.

Devant mon embarras, il n'insiste pas et trouve un prétexte pour sortir de table. Pas assez rapidement pour que je n'aie pas le temps de remarquer qu'il a les larmes aux yeux.

Max me manque aussi, surtout en ce moment. Où est-il le Max tendre d'avant, le Max à qui je pouvais parler de mes problèmes et de mes peines durant des heures! Maintenant, rien ne l'intéresse à part sortir, rencontrer des gens nouveaux, «s'éclater», comme il dit.

Pas moyen de me confier à Isa; ce soir, elle assiste à un concert de musique classique avec Maurice: «En ami seulement.» Curieusement, elle a besoin de l'après-midi entier pour se préparer. «Il est loin d'être aussi niaiseux qu'on pense, tu sais, Léa. Si tu l'entendais jouer du violon.» La belle et la bête, on aura tout vu!

J'ai la journée et la soirée du samedi pour ressasser les événements des dernières heures: «Il faudrait toujours que ce soit comme tu l'as décidé, Léa Tremble.» Tout le temps pour pleurer sur mon sort: «Je me sens trahie, Bruno Yves.»

Tout le temps pour pester contre Bruno. «C'est arrivé comme ça... un soir... par hasard.» Quand je ne suis pas en train d'attendre son téléphone. Je l'entends encore: «Toi, ce n'est pas pareil, je t'aime.»

Tout le temps d'en vouloir à mort à Carla. «C'est moi qui ai insisté.» Ou de relire cent fois le dernier passage de sa lettre: «Donc si tu l'aimes aussi, ne t'enfarge pas dans les fleurs du tapis.»

Tout le temps pour tourner autour de l'appareil en me demandant si ce n'est pas moi qui devrais l'appeler. «Si j'avais su que ça te ferait autant de peine...» Et puis non, que celui qui a trompé l'autre fasse les premiers pas!

C'est le dimanche matin, en repensant à la phrase de la blonde de papa: «J'ai attendu longtemps un amour comme le nôtre et j'ai l'intention de tout faire pour le garder» que je prends ma décision.

Chapitre 7

Comment as-tu pu?

En sortant de la maison, j'ai une impression de déjà-vu. Même ciel bas, mêmes petits flocons qui tombent. Tout est blanc.

Comme si je me retrouvais quelques jours plus tôt. Avec plusieurs centimètres de neige de plus sous les pieds — il en est sûrement tombé pendant une bonne partie de la nuit — et le sentiment d'être plus vieille d'un an et d'avoir compris tellement de choses.

Il n'y a à peu près personne dans les rues. Si je m'écoutais, je filerais comme une flèche chez Bruno. J'ai toujours aimé courir le dimanche matin, l'air est plus pur, il me semble. J'opte cependant pour la marche. Sauter à pieds joints dans l'amour, comme je l'ai fait, n'a aucun sens!... Alors, j'ai l'intention d'y aller mollo avec la réconciliation.

Bruno a raison, j'avais perdu tout contact avec la réalité. Je me voyais presque mariée et entourée d'enfants. Il était temps que je retombe les deux pieds sur terre.

Ainsi quand, dans une rue transversale, j'aperçois la prof de sexo et son mari se tenant par la main — avec leurs tuques pareilles, ils font bonshommes carnaval sur les bords — je détourne les yeux. Et surtout, je résiste à la tentation de projeter sur mon écran intérieur l'image du couple Bruno-Léa s'aimant encore à cinquante ans.

Pourquoi faut-il que je voie tout d'une manière absolue? Je pourrais être un peu plus raisonnable, de temps en temps... J'ai l'impression d'entendre ma mère, mais comment faire autrement? «Avec toi, j'ai le trac, si tu veux savoir, Léa. Il faudrait toujours que ce soit parfait.» Première nouvelle! Et moi qui croyais qu'on se disait tout. Mais c'était à sens unique, car Bruno préférait en parler à... quelqu'un d'autre, quelqu'une d'autre, pour ne pas la nommer.

Était-il obligé de faire l'amour avec

elle?... Et dans mon dos! (Il est sûr que ce n'est pas le genre de chose facile à avouer.)

«Léa, essaie de comprendre...» J'essaie, j'essaie, de toutes mes forces... Est-ce ma faute si je n'aime pas les choses faites à moitié? Je veux peut-être tout contrôler, Bruno Yves, mais je n'aurais jamais agi de façon à ébranler ta confiance, moi.

Il me semble que ce serait moins difficile s'il s'agissait d'une fille que je ne connais pas. Les imaginer ensemble me rend malade... Et puis, elle est tellement plus belle que moi.

À mi-chemin, je m'arrête net, de moins en moins sûre de pouvoir lui pardonner.

Je suis là, sur le trottoir longeant le parc, figée dans mon indécision, quand j'aperçois des jeunes jouant à se laisser tomber sur le dos dans la neige molle. Ce que je donnerais pour aller me joindre à eux et, emmitouflée dans mon habit de neige d'enfant, regarder «passer le ciel». Je nous revois dans le même parc, Max, Isa et moi...

Il me semble que je fonctionnais à l'instinct, à cette époque-là, que je ne passais pas mon temps à essayer de tout comprendre, de tout expliquer...

Finalement, c'est guidée par mon pilote

automatique, remis à peu près en état de marche pour l'occasion, que je me retrouve chez Bruno.

Quand il vient ouvrir, finissant de s'enrouler dans son couvre-lit, je n'ai qu'une envie: lui sauter au cou. J'ai un besoin fou que l'on se serre fort, fort, l'un contre l'autre... Mais, dès qu'il m'aperçoit, il croise les bras sur sa poitrine et ferme son visage à double tour.

Plutôt que de m'inviter à entrer, il me demande sèchement d'attendre sur le seuil...

Carla!?! Mon sang se glace dans mes veines. Carla est ici!?

Moi qui étais prête à lui pardonner! Je n'ai pas le temps de me demander si je force l'entrée et si je leur fais une de ces crises, ou si je cours me jeter en bas du garde-fou de la Grande Côte... que Bruno est déjà revenu et me remet, pour ne pas dire me lance, un sac de plastique avec son (mon) coton ouaté gris à l'intérieur.

Je ne l'ai jamais vu aussi raide. Sauf peut-être au début de l'année, après le suicide de son meilleur ami, quand il ne pouvait pas s'empêcher de donner un coup de poing dans la case qu'il avait partagée avec lui à l'école, chaque fois qu'il passait devant.

— Carla est ici? C'est ça?

S'enfermant dans un mutisme encore plus hostile, si c'est possible, il ouvre grand la porte de l'appartement pour qu'en étirant le cou je puisse voir à l'intérieur. Aucune trace de Carla.

Pieds nus dans le courant d'air froid, Bruno commence à grelotter.

— Tu me laisses entrer? dis-je, presque suppliante.

Si je n'avais pas déjà franchi le chambranle, il me refermerait la porte au nez.

— Je suis venue pour qu'on s'explique, Bruno. C'est ce que tu voulais, non?

Il ne desserre pas les mâchoires, ni les bras, rien.

— À ce moment-là, je ne savais pas... Tu pouvais bien parler de confiance, Léa Tremble?!

— Qu'est-ce que j'ai fait?!

— Tout ce temps-là, tu avais lu mon journal?! Comment as-tu pu?!?

Tremblant de froid et de colère contenue, il retourne dans sa chambre.

Merde, le journal!!! Il m'était sorti de la tête. J'étais tellement sous le choc que j'ai oublié de le remettre à sa place. Bruno s'en sera immédiatement rendu compte.

Comment ai-je pu être aussi indiscrète, en effet? Ce n'est pas dans mes habitudes. Il fallait que je souffre drôlement d'insécurité. Mais, comme dit mon père: «Ce n'est pas parce qu'on a fait une gaffe qu'on est un salaud.»

J'entre. J'enlève mes bottes. En ce qui concerne mon manteau, il vaut mieux attendre la suite des événements. Je m'approche du lit dans lequel il s'est terré, l'oreiller rabattu sur la tête.

Je cherche mes mots:

— Bruno, je n'aurais pas dû..., je l'avoue...

Il soulève l'oreiller, le temps de me dire, les mâchoires dans le ciment:

— Tu t'es peut-être «sentie trahie», Léa Tremble, eh bien moi, je me suis senti violé dans ce que j'avais de plus intime, si tu veux savoir. Redonne-moi ma clé! Et va-t'en, je ne veux plus jamais te revoir.

J'en ai les jambes coupées. Ma tête tourne. J'ai mal au coeur, dans tous les sens du terme. La clé?!... Qu'en ai-je fait? J'ai un trou de mémoire. À tout hasard, je fouille dans les poches de mon manteau. La première chose qui me tombe sous la main, c'est un condom: ce n'est vraiment pas le moment! Je finis par trouver la fameuse clé au fond d'une poche, et je la lui rends à contrecoeur. Il a déjà remis l'oreiller sur sa tête. Je la dépose alors d'une main tremblante sur la table basse.

N'arrivant pas à croire qu'il n'y a plus rien à faire, que cette fois, c'est vraiment fini, je reste plantée là. Lui laissant tout le temps de faire un geste vers moi, si petit soit-il. Mais il reste immobile.

Dans un état second et avec une voix d'outre-tombe, je parviens finalement à dire:

— Merde, moi non plus, je ne suis pas parfaite, Bruno Yves.

Et je quitte l'appartement sans qu'il bouge le petit doigt pour me retenir.

Je prends le chemin du retour, comme une automate. C'est à peine si je me rends compte qu'il neige de plus belle.

En repassant devant le parc, je cherche machinalement des yeux les enfants qui y jouaient tout à l'heure. Ils ont disparu.

La première chose que je sais, je suis étendue sur le dos, à leur place. Impossible de regarder le ciel sans avoir aussitôt la vue obstruée par de gros flocons de neige collante. Je ne me hasarde surtout pas à en attraper avec ma langue, ne pouvant m'empêcher de penser à toutes les saletés acides qu'elle contient. Il est beau, le monde dans lequel on doit même se méfier de la neige.

Je n'ai plus qu'une envie, m'endormir et me laisser ensevelir sous la neige. Il paraît que c'est la façon la plus douce de mourir, car au fur et à mesure que le froid pénètre notre corps, il l'engourdit et, finalement, on ne sent plus rien. J'aurai d'abord l'apparence d'une bonnefemme de neige qu'on aurait jetée par terre, pour n'être bientôt plus qu'une vague bosse confondue avec le sol.

Je me rappelle alors les bonshommes de neige que nous faisions, Max et moi...

Ce que je peux m'ennuyer de lui tout à coup! De son sourire et de sa chaleur du bon vieux temps, sans compter sa grande mèche de cheveux roux qu'il entortillait autour de son doigt chaque fois qu'il essayait de m'embobiner.

Maintenant, il est si distant avec moi, et il s'est fait couper les cheveux. Comme s'il avait décidé de laisser de côté tout ce qui lui rappelle sa vie passée. Il a même établi un périmètre de sécurité autour du quartier et il s'est bien juré de ne le franchir pour rien au monde. Juste au moment où j'ai le plus besoin de sa présence.

Il faudrait un miracle pour que tout redevienne comme avant, entre nous! Et les miracles, il y a longtemps que j'ai cessé d'y croire. De toute façon, je n'attends plus rien de la vie. Plus on vieillit, plus ça se complique, on dirait.

Ne penser à rien, écouter le silence...

Le temps d'entendre un gros plouf dans la neige à côté de moi. Le grand corps qui vient de se laisser tomber sur le dos ne peut pas être celui de mon frère Max... Je prends encore une fois mes rêves pour des réalités.

— Je t'ai vue entrer dans le parc..., fait-il, l'air faussement naturel.

Je n'en crois pas mes yeux. Un vrai miracle!

— Max?!? Qu'est-ce que tu fais ici?! Tu t'étais juré de ne jamais...

— Léa, n'insiste pas, d'accord?

— D'accord.

Ce n'est pas le moment de lui faire subir un interrogatoire; l'important, c'est qu'il soit là. L'effort surhumain qu'il a dû lui en coûter pour franchir son périmètre de sécurité et venir jusqu'ici! Car, quand mon frère

Max décide quelque chose, d'habitude, il n'y a pas de revenez-y.

— Et toi, Léa, qu'est-ce que tu fous là?

Quoi lui répondre qui ne me fera pas aussitôt éclater en sanglots?

— C'est Bruno...

Ma voix s'étrangle dans ma gorge. Max tourne la tête vers moi.

— Je sais, Carla m'a...

L'air que je fais, en entendant le nom de Carla, le dissuade de continuer.

Il se rapproche de quelques centimètres, juste assez pour que je puisse caler mon épaule contre la sienne.

— Max, je m'ennuie de toi.

— Moi aussi, Léa.

Du même souffle et sur un ton qui se veut le plus détaché possible, il glisse un: «Isa va bien?»

— Oui...

Pas question que je lui révèle qu'elle voit Maurice; il l'apprendra assez vite. Mais je profite de son ouverture de coeur pour ajouter:

— Papa demande souvent de tes nouvelles.

Max réagissant aussi violemment au nom de papa que moi à celui de Carla tout à l'heure, je n'insiste pas.

Nous restons là un moment, sans un mot, à écouter le silence, comme nous le faisions si souvent dans le temps. Seul, parfois, un geste nonchalant de la main pour enlever la neige de notre visage témoigne que nous sommes toujours vivants. Max dit finalement avec une nostalgie dont je ne l'aurais pas cru capable:

— Léa, tu te souviens des bonshommes de neige qu'on avait mis tant de jours à faire?

— Comme si c'était hier, Max... Il y avait le père, la mère et les deux enfants, la famille au complet, quoi!

— On ne les avait pas sitôt terminés qu'il a commencé à pleuvoir. Quelques heures plus tard, il n'en restait plus rien.

— Tu n'as jamais voulu en faire d'autres après ça. Et moi, je n'avais pas le courage de m'y mettre toute seule...

Max se redresse à moitié, s'ébroue et, appuyé sur ses avant-bras, il lance:

— Tu sais ce qu'on devrait faire, par un temps pareil, avec toute cette belle neige collante?

Il ne peut pas vouloir... Eh bien! oui, c'est exactement ce qu'il propose. Il insiste même, ayant presque retrouvé son expression moqueuse d'enfant alors qu'en cachette et juste avant le repas nous nous apprêtions à nous empiffrer de biscuits au chocolat.

— Seulement un, Max.

Et nous passons des heures à fabriquer un seul mais immense bonhomme de neige.

Chapitre 8

Une chaude lutte

La semaine qui précède les vacances de Noël, je la passe chez maman.

Je profite du fait que le temps soit revenu au beau entre mon frère et moi. Il y a deux sujets tabous entre nous, cependant. D'abord, papa: Max ne veut pas en entendre parler, il n'en démord pas. Quant à moi, il me suffit de pressentir qu'il va prononcer le nom de C... pour me donner envie de mordre.

Et puis, mon père a tout le loisir de voir sa Denise à son goût. Personne ne pourra dire que je ne leur laisse pas le champ libre, à ces deux-là. On ne peut probablement pas «empêcher deux coeurs d'aimer», comme ne cessent de répéter les parents d'Isa, mais on n'est pas obligé d'assister au spectacle de leur bonheur.

J'habite ainsi plus loin de l'école, et c'est tant mieux! À l'heure qu'il est, bien des cours sont terminés et je m'y rends, quand je ne peux absolument pas faire autrement. Si je m'écoutais, je n'y mettrais plus jamais les pieds. Pour ce que j'y trouve!

Isa voit Maurice en cachette. Elle y parvient tellement bien que même moi, je n'arrive pas à lui mettre le grappin dessus. Tout ce que je sais, c'est qu'elle a recommencé à se maquiller et à se faire belle.

Bruno fait tout pour m'éviter, c'est évident. Réussite totale de ce côté-là aussi.

En ce qui me concerne, je fuis C... (et Élodie, par la même occasion) comme le sida. En parlant de MTS, j'ai cru comprendre qu'elle n'était pas enceinte, mais qu'elle avait un début de chlamydia. Inspirée par la peur qu'elle a eue, elle a décidé d'organiser une campagne procontraceptifs pour la rentrée en janvier. N'importe quoi pour attirer l'attention!

Ne reste qu'Yvann, qui n'a heureusement plus le temps d'être agressif, occupé qu'il est à chercher Maurice.

Dernier avantage et non le moindre: comme je me suis éloignée de chez Bruno, je suis moins tentée d'aller frapper à sa porte. Moi aussi, j'ai dressé un périmètre de sécurité imaginaire autour de son pâté de maisons; avec la ferme intention de ne le franchir sous aucun prétexte.

De toute manière, personne ne semble avoir eu la moindre nouvelle de lui. Peut-être est-il allé en vacances avec un de ses deux parents, tout de suite après son fameux examen de chimie? Ou peut-être a-t-il disparu de la surface de la terre? Peut-être n'a-t-il jamais existé ailleurs que dans mon imagination? Quoi qu'il en soit, j'ai décidé de rayer l'amour de ma vie.

Non, mais c'est vrai, ça suffit, les larmes! Quand ce n'est pas Isa, c'est moi. Si au moins Isa m'avait attendue, on aurait pu pleurer ensemble en se gavant de *soaps*.

Mais elle est tellement occupée avec Maurice! Elle le voit «juste en ami». (C'est en train de devenir une manie?) «J'ai envie de me lier d'amitié avec un gars, pour faire changement», m'a-t-elle dit l'autre jour. Au point de ne plus avoir le temps de regarder ses émissions préférées?!

Moi, je n'en manque pas une. Je n'ai

rien d'autre à faire. De belles vacances en perspective!?!

Au début, histoire surtout de ne pas retomber dans ma vieille habitude de me ronger les ongles, et histoire de m'occuper les mains, je me suis rabattue sur le plus gros format de chips barbecue sur le marché. Mais je ne cessais pas de penser au premier soir avec Bruno, alors que je venais de découvrir qu'«un baiser avec un gars à ton goût se compare aux premiers chips, tu ne peux bientôt plus résister à l'envie d'aller jusqu'au fond du sac.»

Depuis, ce sont mes ongles qui écopent. Un peu plus et je me remettrais à sucer mon pouce.

Mon frère est souvent sorti. À notre âge, on a beau s'être raccommodés, on n'a pas envie d'être toujours ensemble. Les frères et soeurs, c'est comme les parents, on aime qu'ils s'intéressent à nous, pas qu'ils nous suivent à la trace.

Et puis on n'a pas les mêmes amis, Max et moi. Je le soupçonne entre autres de voir C... de temps en temps. Ce qui ne l'empêche pas de me demander des nouvelles d'Isa de plus en plus souvent. Que croit-il? Qu'elle va rester bien tranquillement chez elle à l'attendre?

Il m'arrive parfois d'aller magasiner avec ma mère, mais le coeur n'y est pas. Maman met, au contraire, tout le sien à l'ouvrage. Je ne l'aurais jamais crue capable de se livrer à de tels excès de coquetterie! Il faut la voir papillonner d'un rayon à l'autre pour trouver le vêtement, l'accessoire qui la rendra plus belle. «Pour qui?», lui ai-je demandé. «Pour moi!», m'a-t-elle répondu, le regard gourmand.

«Alors, qu'est-ce que tu penses de ceci... de cela, Léa?», lance-t-elle à tout moment. Son choix se portant le plus souvent sur des articles d'allure trop jeune pour elle, je ne peux faire autrement que répondre dans un soupir: «Franchement, maman!» C'est à croire que c'est elle, l'adolescente et moi, la mère. À en juger par nos humeurs et nos états d'esprit respectifs, on le dirait presque.

Je n'y peux rien... Je n'arrête pas de penser que Bruno ne verra jamais la couleur du superbe journal en cuir (fermant à clé) que je lui ai acheté l'autre jour, suivant l'impulsion du moment.

Et puis, c'est la première fois que nous ne fêterons pas Noël en famille. Il n'y a que moi que ç'a l'air de déranger...

D'habitude, je n'ai qu'une réponse à donner à l'éternelle question de mes parents: «Qu'est-ce que tu veux avoir pour Noël?», là, je dois me creuser la tête pour en trouver deux. Alors que ce que je désire vraiment, personne au monde ne peut me l'offrir.

J'ai beau en avoir pris mon parti, si j'avais le choix, je n'aurais pas deux maisons, si j'avais le choix... j'en aurais juste une...

... avec Bruno!?!?

Il est vraiment temps que je sorte prendre l'air: toutes ces heures de télé m'ont détraqué le cerveau! Je ne nous vois absolument pas habiter ensemble, Bruno et moi!... Pas tout de suite, en tout cas — voyons, qu'est-ce que je dis là? — jamais même! C'est fini! Vais-je enfin me l'entrer dans la tête?

Quoi de mieux que de s'habiller chaudement et d'aller courir dehors pour se remettre les idées en place?

Le ciel est bleu, sans le moindre petit nuage à l'horizon. Pourquoi ai-je encore, malgré tout, l'impression que le ciel s'apprête à me tomber sur la tête? Peut-être parce que depuis quelque temps une tempête n'attend pas l'autre.

Et s'il suffisait de les prendre de vitesse...

C'est ainsi que, d'une enjambée à l'autre, je me retrouve au sommet de la montagne. L'hiver, j'y viens rarement. Pourtant, l'air frais qui pénètre dans mes poumons donne chaque fois à mon corps la merveilleuse sensation de se remettre à fonctionner à pleine capacité et me calme les esprits.

Si mon coeur ne sert à rien d'autre, il servira au moins à faire circuler mon sang à vive allure dans mes veines et dans mes artères. Depuis qu'on a eu un cours de bio là-dessus, je ne peux m'empêcher d'y songer, lorsque je fais de l'exercice.

À chaque inspiration, j'imagine mon sang venir chercher, dans mes poumons, les petites bulles d'oxygène tout frais. Puis aller les distribuer dans les moindres recoins de mon corps. Et ramasser enfin le gaz carbonique que mes poumons expulseront au cours de l'expiration.

Pendant ce temps-là, je ne pense à rien d'autre et je me sens bien. Ou presque.

Je me dirige spontanément vers mon coin préféré. En essayant d'oublier que c'est aussi le lieu de ma première rencontre avec Bruno.

Au moment où je me dis: «Personne n'est assez fou ni assez aventureux pour se rendre jusqu'ici en plein hiver», j'aperçois des traces de pas dans la neige. Je ne le supporte pas! Qui a osé entrer dans MON domaine, marcher sur MA neige?

L'intrus est assis derrière MON arbre sur...

... un vieux sac à dos de l'armée!?! SON vieux sac à dos de l'armée?...

Bruno tourne la tête, à la minute où je réalise qu'il s'agit bien de lui. On bafouille, presque en même temps, un «Qu'est-ce que tu fais ici?» Et on reste plantés là, tout aussi incapables l'un que l'autre de répondre à la question. Du train où vont les choses, on finira par se transformer en statues de glace et il faudra attendre le dégel, au printemps, pour être capables d'ajouter quoi que ce soit.

C'est lui qui baisse les yeux en premier. Ces yeux vert eau de mer... Il écarte la main pour prendre de la neige, qu'il se met à tapoter machinalement. Il a l'air tellement absorbé dans ses pensées qu'à aucun moment je n'imagine que cette balle de neige puisse m'être destinée. Il ne la lancera pas violemment, mais avec juste assez de force pour qu'elle atteigne sa cible: comme si la balle était une extension de son bras.

Le temps de revenir de ma surprise, je ne me fais pas prier pour lui rendre la pareille. Et c'est parti! Rien de tel qu'un bon combat de boules de neige pour se défouler. Surtout que je suis assez forte à ce petit jeu-là. D'abord, je cours très vite. Ensuite, j'ai un tir redoutable. Il ne faut pas oublier que je suis en meilleure forme que lui. La lecture développe peut-être l'intelligence, mais elle a exactement l'effet contraire sur les muscles. En ce qui concerne la stratégie, par contre...

Toujours est-il qu'à un moment donné, je crois pouvoir réussir le coup parfait (celui qui l'achèvera): une balle bien ronde et compacte et un tir précis vers la poitrine. Mais Bruno se baissant au dernier moment pour l'éviter, il la reçoit à la hauteur du cou et il tombe raide sous le choc. Je savais que j'avais un bon lancer, mais à ce point-là!?

Merde, il ne bouge plus!? Au secours! Il n'y a personne en vue. Qu'est-ce que je fais? Revoyant en accéléré les techniques de sauvetage apprises à la natation, je me précipite pour vérifier s'il respire encore, prête à lui faire le bouche-à-bouche.

Non seulement il respire encore, mais il me prend à bras-le-corps et me fait rouler dans la neige. Le traître!

S'ensuit un corps à corps dans lequel les empoignades alternent avec les chatouilles, les roulades et les fous rires. Je peux enfin tirer profit des nombreuses heures d'entraînement avec mon frère et avec mon père quand j'étais jeune! Car pour être une chaude lutte, c'en est une. De celles dont on est incapable de départager le gagnant du perdant. Dans tous les sens du terme.

On finit par s'écrouler l'un à côté de l'autre, complètement épuisés et les mains glacées, mais les yeux tellement brillants. Et bientôt, l'on se serre fort; plus fort que ça, on s'étouffe. À tel point qu'on doit avoir bientôt recours au bouche-à-bouche. D'un type particulier, je dois avouer, et qui, au lieu de rétablir la respiration, nous laisse à bout de souffle et complètement euphoriques.

Je ne sais plus lequel des deux lance, à un certain moment:

— On efface tout et on recommence?

Ni qui répond:

— Non, continue!

Nous nous promenons ensuite pendant

des heures, ne nous arrêtant que pour prendre un chocolat chaud ou une petite bouchée. Nous avons tellement de choses à nous dire qu'il faut presque réserver notre tour de parole et chronométrer le temps alloué à chacun. C'est à peine s'il en reste pour nous embrasser.

Parfois, c'est clair comme le ciel d'aujourd'hui dans nos esprits, et nous marchons du même pas, serrés l'un contre l'autre. Parfois, les gros nuages gris des jours précédents réapparaissent — plus particulièrement quand il est question de Carla ou du fameux journal — et chacun a besoin de toute sa liberté de mouvements pour tenter de les dissiper. Pas nécessairement avec succès, d'ailleurs.

Nous en venons finalement à la conclusion qu'au bout du compte, l'important, c'est d'être ensemble et, surtout, d'avoir recommencé à se parler. Jamais, cependant, il n'est question, ni pour Bruno ni pour moi, que nous nous retrouvions tous les deux seuls, chez lui. Nous avons eu notre lot d'émotions fortes, aujourd'hui.

Quand vient le moment de rentrer, chacun de nous va reconduire l'autre à plusieurs reprises, car nous ne pouvons nous résoudre à nous quitter.

Je suis tellement heureuse que, croisant Isa et Maurice main dans la main, je ne pense pas une minute à reprocher à la première de passer si peu de temps avec moi et je trouve le second presque beau. Je ne lui avais jamais vu auparavant une telle expression de ravissement sur le visage, sauf peut-être quand il m'avait parlé de son amour de la musique.

Ne manque plus que Denise Beauséjour qui sortirait de chez mon père!

Et qui est-ce que je croise dans l'escalier? Nulle autre que la blonde de mon père.

Difficile de faire comme si je ne l'avais pas vue, mais rien ne m'oblige à lui adresser la parole. C'est elle qui fait le premier pas, pendant que je fouille dans mes poches pour trouver ma clé.

— Léa, je regrette la façon dont je t'ai parlé lors de notre première rencontre. Non pas que je retire ce que j'ai dit, mais j'aurais peut-être pu m'y prendre autrement. Tu comprends, ce que je vis avec ton père...

Elle n'a pas besoin de poursuivre... Plus que quiconque en ce moment, je peux comprendre ce qu'elle ressent. J'aurais tout de même préféré qu'elle choisisse quelqu'un d'autre que mon père. Un père, c'est comme une clé, ça ne se prête pas à la première venue.

En parlant de clé, si je peux trouver la mienne... La voilà enfin!

— Je comprends... dis-je en vitesse.

Je n'ai qu'une hâte: me blottir dans mon lit, le coeur encore tout chaud de l'amour retrouvé. C'est à peine si je réponds au «C'est toi, Léa?» de mon père.

Vivement me coucher avec pour seul vêtement le coton ouaté rouge de Bruno et savourer mon bonheur! Je me souviens alors le lui avoir rendu dans un geste théâtral, l'autre jour. Je ne peux même pas me rabattre sur le gris qu'il m'a remis à son tour, peu de temps après: il est chez maman. Tout ça pour me rappeler qu'il n'y a rien de parfait, je suppose...

Faute de mieux et surtout sans arrière-pensée, je me glisse toute nue entre les draps. Je suis loin de m'attendre à ce que le simple contact du tissu sur ma peau déclenche mon petit cinéma intérieur.

Cette fois, il ne s'agit pas de silhouettes imprécises de chanteurs et d'acteurs de cinéma jouant avec moi des scènes érotiques, mais d'un être en chair et en os... Et tout ne se passe pas uniquement dans ma tête...

Je me surprends à serrer mon oreiller contre moi, comme s'il s'agissait de Bruno qui n'aurait, par hasard, rien trouvé à se mettre sur le dos, lui non plus. J'essaie de penser à autre chose, mais autant vouloir arrêter un raz-de-marée par la seule force de mon esprit.

Au moment où le plus gros de la vague est passé et que je suis sur le point de m'endormir, une idée commence à faire son chemin dans ma tête: si j'osais, demain matin, j'irais me glisser dans le lit de Bruno...

Chapitre 9

Quand la réalité dépasse la fiction

Dans les films, ce sont presque toujours les gars qui osent faire les premiers pas. Mais comme je n'ai pas l'intention de passer ma vie à attendre leur bon vouloir, avec pour toute liberté, celle de dire non, j'ai osé...! Et je me suis retrouvée chez lui à la première heure, le lendemain.

Quand je pense qu'il n'y a pas si longtemps, juste à imaginer qu'un jour... je pourrais... peut-être... aller jusqu'au bout, j'avais l'impression d'ouvrir une porte sur le vide; porte que je m'empressais de refermer aussitôt, ni vue ni connue.

Et voilà, ça y est... Je l'ai fait! Je n'arrive pas à y croire!?!

Je ne peux ni dire: «Ç'a été le septième ciel!», ni: «Ce fut un vrai flop!» et surtout pas: «Je suis bien débarrassée!» comme j'ai déjà entendu.

Tout ce qui me vient pour tenter de donner en une phrase une idée de ce qui s'est passé entre Bruno et moi, c'est: «Comment te sens-tu?» Si on ne s'est pas posé cette question-là cent fois, on ne se l'est pas posée une fois. Comme nous avons dû franchir de nombreuses étapes avant d'arriver au but, ce ne sont pas les occasions qui ont manqué, en effet.

Quant à la réponse, c'était selon. Selon l'heure, le jour, le moment, la seconde. Je n'ai jamais éprouvé autant de sensations différentes en un si court laps de temps: peur, courage, désir, vertige, chaud, froid, gêne, bien-être, etc. Je pense même qu'il m'est arrivé de les éprouver toutes à la fois. Autrement dit, la réalité dépasse ce que j'avais pu — ou que je n'avais jamais osé — imaginer.

Donc le lendemain, quand j'ouvre les yeux, l'idée qui, la veille, avait commencé à faire son chemin dans mon esprit en a résolument pris les commandes. Il ne me reste qu'à prendre mon courage à deux mains pour aller me glisser dans le lit de Bruno. Dommage que je n'aie plus la clé de son appartement. C'aurait été une première occasion idéale de m'en servir...

Au moment de partir, je suis prise de panique à l'idée que Bruno ne veuille pas... Ah! et puis, il n'a qu'à dire non, on le fait bien, nous, les filles... De toute manière, pourquoi refuserait-il? Depuis qu'on s'est réconciliés, on s'aime encore plus qu'avant. Et si...?! Ce n'est pas le moment de manquer de confiance en moi!

En cours de route, tout en vérifiant de temps à autre si les condoms sont toujours dans ma poche, je me creuse la tête pour trouver une phrase de circonstance. On devrait pouvoir dire à un gars: «Veux-tu faire l'amour avec moi?» aussi simplement qu'on dit à un enfant: «Veux-tu être mon ami?»

Direct, quoique pas très romantique. Par contre, si c'est trop romantique, ça risque de faire cucul... Il faudrait quelque chose de romantique et de drôle en même temps... Pas facile à trouver! Surtout que mon assurance risque de s'effriter quand je me retrouverai face à face avec Bruno.

Mais c'est à peine s'il me voit, lorsqu'il vient m'ouvrir, enroulé dans son couvre-lit.

Il y a miraculeusement autant de brume dans ses yeux qu'il y avait de buée dans le miroir de la salle de bains, l'autre jour.

— Qu'est-ce qui se passe, Léa? Il est quelle heure de la nuit? demande-t-il dans un demi-sommeil.

J'ai tellement le trac que j'en oublie d'essayer de faire une belle phrase. Il n'y a rien comme la vraie vie pour vous couper l'inspiration!

— C'est le matin, tu peux te recoucher, Bruno..., même que ça vaut mieux pour... ce que j'ai à te dire...

Avant qu'il commence à s'inquiéter, je m'empresse d'ajouter:

— ... que je m'ennuyais de toi, entre autres.

Il ne se fait pas prier pour retourner dans son lit, encore trop engourdi pour être capable de formuler autre chose que:

— Euh!... moi aussi.

Toujours enveloppé dans son édredon, il est là, étendu sur le côté, un bras replié sous la tête, essayant de garder ses yeux en face des trous; l'air pas du tout sûr que je sois vraiment dans la pièce. N'étant pas certain d'y être lui-même, d'après ce qu'il m'a raconté par la suite.

Quant à moi, je me torture l'esprit avec de graves questions du genre: «Dois-je me coucher tout habillée ou non? Et sinon, qu'est-ce que j'enlève exactement?»

En retirant mon manteau — tout de même! — je me rends compte que, tout ce temps-là, j'ai tenu les condoms bien serrés dans ma main et je ne trouve rien de mieux à faire que de les offrir à Bruno:

— Tiens, je les ai apportés au cas où.

Comme romantisme, on ne fait pas mieux?!

Je les dépose sur la table à côté du lit. Et, aussi rapidement que possible, je me glisse, tout habillée, sous les couvertures. Dos à lui, bien entendu. Tellement que je n'ai pas le temps de lui voir l'air: ahuri, sans doute. Chose certaine, ça le réveille net, car il se redresse aussitôt dans le lit.

Pour meubler le silence, j'ajoute:

— Ils ne sont peut-être pas de la bonne grandeur...?

Du plus haut comique! On a ri pendant des heures en y repensant par la suite. Sur le coup, c'est à peine si on osait respirer.

Il finit par se lever et il se dirige vers la salle de bains en bafouillant quelque chose comme:

— Attends-moi... euh!... je reviens...

Comme s'il pouvait aller bien loin, vêtu d'une seule couverture... Je ne sais pas combien de temps il reste sous la douche. Car je suis là et, en même temps, je n'y suis pas. On dirait que j'ai un pied dans la réalité et l'autre dans le rêve.

C'est quand il revient, rasé de près et tout propre dans son couvre-lit serré pudiquement autour de lui, et qu'il me demande, aussi embarrassé qu'incrédule...

— Tu veux vraiment que... qu'on fasse... euh!... l'amour?

... et que je lui réponds:

— Bien... oui..., en me sentant rougir jusqu'à la racine des cheveux.

... que je réalise dans quoi je suis vraiment en train de m'embarquer.

— Au... complet? bredouille-t-il.

Malgré que je ne me sois jamais sentie aussi secouée, autant remuée de toute ma vie, je n'ai, cette fois, aucune envie de quitter la barque.

— Oui..., dis je en retenant mon souffle.

— Tout de suite?!

Sur le moment, je ne discerne pas l'ombre de panique qui passe dans son regard. Et, croyant faire une blague, je lui ressers, à peu près mot pour mot, la phrase qu'il m'a déjà servie:

— Je ne veux pas te presser, je suis prête à t'attendre le temps qu'il faudra.

Bruno ne trouve rien de mieux à faire que de s'absorber dans la contemplation de ses orteils. Quand, enfin, il en sort, plutôt que de venir s'asseoir sur le bord du lit à côté de moi, il choisit la chaise la plus éloignée, celle de son bureau. La façon dont il s'y laisse tomber, en soupirant, évoque un gros examen à préparer ou un travail à remettre.

Puis, sans me regarder:

— Ce n'est pas parce que je ne t'aime pas, Léa, au contraire... C'est parce que je ne suis pas... euh!... prêt.

Si je m'y attendais. Les bras m'en tombent. C'est le monde à l'envers. Moi qui pensais qu'il sauterait sur l'occasion. J'ai l'air de quoi, maintenant?

— Premièrement..., poursuit-il d'une voix mal assurée, j'ai faim. J'ai toujours faim en me levant, le matin. Et surtout..., j'aimerais qu'on se parle un peu.

La peur me prend.

— Tu as changé d'idée?! Il me semblait que tout était réglé entre nous?

— Non... Oui...

— On a passé la journée d'hier à se parler, Bruno. Si bien que le soir, j'aurais été physiquement incapable de prononcer un seul mot de plus...

— On a parlé de tout, Léa, sauf de... ça.

Étonnant, mais je me sens presque soulagée de voir ainsi l'échéance reportée. J'ai beau me sentir prête et faire la brave devant lui, je dois avouer que, dans le fond... je suis morte de peur.

Il n'en faut pas plus pour que les «et si», réprimés depuis le matin, surgissent alors dans mon esprit. Et s'il ne me trouvait pas de son goût?... Et si je n'avais pas le tour?... Et s'il se mettait à me comparer à Carla? Le genre de questions qui, en un rien de temps, transforme une fille en l'ombre d'elle-même.

Pas surprenant que ce soit moi qui m'empiffre, finalement. Car si la nervosité m'a coupé la parole, elle m'a ouvert l'appétit. Pour Bruno, c'est le contraire.

Tout en tartinant des toasts de beurre d'arachide et de confiture — qui se retrouvent immanquablement dans mon assiette —, Bruno me fait part de ses appréhensions, de sa peur de ne pas être à la hauteur... Comme si je ne l'avais pas lu dans son journal... mais je ne suis pas assez bête pour le lui rappeler.

Et me voilà peu à peu en train de révéler mes craintes à Bruno. Je ne me suis jamais sentie aussi à l'aise avec quelqu'un et je lui confie des choses que je n'ai jamais dites à personne.

C'est au moment où je m'y attends le moins qu'il donne le grand coup:

— Ah! et puis... je ne sais pas trop comment te dire ça...

Il se met à tourner autour du pot avec des «Ne te fâche pas... Ce n'est pas parce que je ne t'aime pas... C'est juste que... Tu comprends... La vie... l'amour...»

Pourquoi pas la mort pour achever le tableau?!

— Il y a encore une autre fille, Bruno?!

S'il répond oui, je pense que je le tue.

— Il n'y a personne d'autre. Je ne me vois pas avec quelqu'un d'autre... Mais... Je t'aime beaucoup, Léa, énormément même... Mais...

— Mais quoi?! Accouche, à la fin!

Il prend une grande respiration comme s'il allait plonger d'un tremplin de dix mètres de haut.

— ... Je ne peux pas te garantir que notre

amour durera toujours... On ne sait jamais ce qui peut arriver... Il suffit de regarder autour de nous... Et puis, à notre âge...

Ouf! je préfère ça. Même si ce n'est pas facile à avaler. J'aurais tant voulu que tout soit parfait entre Bruno et moi. Mais ce n'était qu'un rêve. Il faut être réaliste...

— J'ai compris, Bruno. Je pense que personne ne peut le garantir. Pas plus toi... que moi...

L'expression de soulagement d'abord apparue sur son visage fait rapidement place à de l'inquiétude.

— Tu as quelqu'un d'autre en tête, Léa?! demande-t-il, le souffle court.

— Pas pour le moment. Mais «on ne sait jamais ce qui peut arriver».

Si je me fie à sa réaction, il vient tout juste de prendre conscience — en même temps que moi, d'ailleurs — que mon amour pour lui n'est pas, non plus, à l'abri.

— C'est sûr..., marmonne-t-il, la tête basse.

Là, c'est plus fort que moi, je ne peux pas m'empêcher d'apporter une précision:

— Mais quand je dis ça, c'est seulement ma raison qui parle, mon coeur, lui...

Alors, il me regarde avec ses yeux vert

eau de mer et me répond quelque chose dont je me souviendrai toute ma vie:

— Moi aussi!

Ce jour-là, on est allés bien sagement au cinéma. Car pour la première fois de notre vie, la réalité dépassait la fiction et on ne voulait pas forcer la dose.

Ça prendra quelques jours avant qu'on réussisse finalement à... Ce ne sera pas faute d'avoir essayé un bon nombre de fois.

Parfois, c'est moi qui panique. Je me demande alors si je suis normale, si je n'ai pas une malformation physique quelconque et si je ne devrais pas aller voir un gynécologue.

Je sais maintenant ce que signifie «être prête»: ma présence dans le lit de Bruno le prouve. Mais je croyais que j'en sentirais automatiquement les manifestations dans mon corps. Qu'il suffisait que je sois «prête» dans ma tête pour que, dans mon corps, tout baigne dans l'huile. Erreur.

Parfois, c'est Bruno qui panique, il croit avoir peut-être besoin de consulter un sexologue.

Parfois, on panique tous les deux. Nous avons tellement de problèmes à régler en même temps. Les couvertures, entre autres. Sous les couvertures, c'est trop chaud. Dessus, trop gênant. Moi aussi, je me rends compte que je sais tout en gros... C'est dans les détails que les choses se gâtent; mon sens de l'ordre et de la clarté en prend un coup.

Voilà donc pourquoi mon frère Max m'avait répondu «presque» quand, au début de sa relation avec Isa, je lui avais demandé s'ils avaient déjà fait l'amour.

Pendant un certain temps, Bruno et moi, on accumule les «presque», en effet... On finit souvent par s'esclaffer; alors, on se répète qu'on a tout notre temps et que ça ira mieux la prochaine fois.

Puis, la veille de Noël, on réussit. «Réussit» est un bien grand mot, car pour ce qui est du plaisir dont tout le monde parle...?! Ce n'est pas le plaisir qui monte en moi, mais les larmes.

«Comment te sens-tu?», demande évidemment Bruno, dans la minute qui suit. Une seule phrase passe et repasse au ralenti dans ma tête: «C'était juste ça... C'était juste ça...»

— Est-ce que tu as joui? ajoute-t-il, timidement.

Je me tourne dos à lui et je remonte

la couverture sur mon visage en disant, la gorge serrée:

— Je ne sais pas...

Bruno tente de se rapprocher; tout mon corps se raidit.

— Qu'est-ce que j'ai fait?

— Ce n'est pas toi, Bruno. Je me disais seulement que...

Incapable de me retenir plus longtemps, j'éclate en sanglots.

— Que quoi? bafouille Bruno.

— ... que c'est fait... que c'est fini...

Non pas que je regrette ce qui vient d'arriver, mais fini, terminé le rêve, l'attente... Je viens de passer dans le camp de celles qui l'ont déjà fait. Et c'est à peine si je m'en suis rendu compte.

Bruno tente de se coller en cuiller contre mon dos:

— Peut-être que ça commence, au contraire...

— Tu crois...? dis-je, pas trop sûre d'avoir envie de renouveler l'expérience bientôt.

Et je m'abandonne dans ses bras. Ce que j'ai rarement fait, tout ce temps-là, me semble-t-il. Tellement que j'avais oublié à quel point il a la peau douce. Je me sens alors plus proche de lui qu'à aucun autre moment, ces derniers jours.

— Pour toi, Bruno, c'était bien, au moins?

— Je ne le sais pas trop, j'étais tellement énervé.

Je comprends maintenant ce que la prof de sexo voulait dire, l'autre jour, par: «L'acte sexuel, c'est facile, il suffit d'un minimum de technique, on n'a même pas besoin d'aimer ça. C'est faire l'amour qui est plus difficile, car la technique n'a pas grand-chose à voir là-dedans.»

Mi-sérieuse mi-blagueuse, j'ai alors lancé: «Des détails...» Toute la classe a repris en choeur: «Des détails, des détails...» C'est juste si on ne l'a pas huée quand elle a répondu: «Il n'y a pas de recette. C'est comme pour apprendre à marcher. Chacun y va à son rythme, à sa manière.» On a cru qu'elle avait, encore une fois, trouvé le moyen de se défiler.

Sur le chemin du retour, je n'arrête pas de me répéter: «Je l'ai fait... je l'ai fait», cherchant ce qu'il peut bien y avoir de changé en moi. Il me semblait que rien ne serait plus pareil par la suite. Que je me sentirais moins... plus... plus femme, peut-être...?

Pour ce que ça peut vouloir dire.

Aux abords du petit parc, je me surprends à espérer y retrouver les enfants aperçus l'autre jour. Ils ne sont pas là. Je ne sais trop pourquoi, j'ai un petit pincement au coeur. Le bonhomme de neige que j'ai fait avec mon frère y est toujours. D'abord, j'ai peine à le reconnaître. Je me plais à imaginer que ce sont les mêmes jeunes qui l'ont paré d'une ceinture et d'un drôle de chapeau et qui lui ont rajouté un nez, des yeux, une bouche.

Moi, ai-je quelque chose de différent? Est-ce que ça se voit sur mon visage? Dans mon regard? Mes parents vont-ils s'en rendre compte?

Si jamais mon père se doute de quelque chose, il n'osera rien dire de peur d'avoir vu juste. En ce qui concerne ma mère, elle fera comme si de rien n'était. Tout pour ne pas être obligée d'aborder le sujet. Elle croit régler ce genre de problèmes en déposant des brochures — quand ce n'est pas carrément des contraceptifs — sur notre commode.

Je me laisse dériver dans les rues du quartier. J'ai besoin de marcher, de reprendre mon souffle, de remettre de l'ordre dans mes idées... pas nécessairement de croiser

Carla. Mais absorbée comme je le suis, lorsque je l'aperçois, elle est en face de moi. Impossible de l'éviter, d'autant plus qu'elle est déjà entrée dans le vif du sujet:

— Tu ne m'en veux pas trop, Léa?

Je suis tellement prise au dépourvu que je n'ai pas le temps de sortir ma rancoeur. Ah! et puis, à quoi bon, finalement?

— Pas trop...

Encouragée, Carla poursuit avec un enthousiasme grandissant:

— Tu remercieras ta mère de ma part. Elle a été extraordinaire avec moi. Tu es chanceuse d'avoir une mère aussi ouverte, à qui on peut tout dire.

J'ai du mal à croire que c'est vraiment de ma mère qu'il est question!

— La mienne, poursuit Carla, n'est tellement pas détendue, et tout et tout. Il a bien fallu qu'elle fasse l'amour au moins une fois, puisque je suis là! Je n'ai sûrement pas été conçue par l'opération du Saint-Esprit.

— Tu n'as pas grand-chose d'une sainte, en effet!

Je n'ai pas le sourire fendu jusqu'aux oreilles et elle rit un peu jaune, mais tout de même...

— Bon, bien, j'espère que tu vas passer

un beau Noël, Léa.

C'est bientôt Noël, je l'avais presque oublié.

— Attends, Carla... Dis-moi... est-ce j'ai l'air d'avoir quelque chose de changé?

— Euh!... non pas vraiment... À part le fait, peut-être, que tu sembles moins m'en vouloir. Et ça me réchauffe le coeur.

Quand je rentre à la maison, mon père est absent. Il est sûrement en train de faire ses achats de Noël, à la dernière minute, comme d'habitude. Je me précipite devant le miroir de ma chambre.

Merde, ça ne paraît même pas!

Je m'étends sur mon lit. Je suis plus légère, me semble-t-il. Ça fait peut-être maigrir, sait-on jamais? Ce dont je suis certaine, cependant, c'est que je me sens en paix avec moi-même.

Tout est bien qui finit bien — qui commence, dirait Bruno. Il se pourrait, en effet, que j'aie envie de recommencer. Et plus tôt que je ne le croyais.

Il y a longtemps que je n'ai pas été aussi «détendue». Pour une fois, il n'y a pas de drame à l'horizon, ni dans la famille ni parmi les amis. Tout le monde est heureux, c'est parfait.

C'est alors qu'Isa téléphone en catastrophe. Max l'a finalement appelée: il veut renouer avec elle. Elle n'est pas sûre de ne plus l'aimer, mais elle ne veut pas laisser Maurice. Mon frère est évidemment dans tous ses états.

— Max et moi, on a commencé par être des amoureux, puis on est devenus des ennemis. Maurice et moi, on a d'abord été des amis. Avec Max, ç'a été tout de suite le rêve. Mais quand je me suis réveillée, je suis tombée de haut. Avec Maurice, c'est parti de rien et puis, peu à peu... Je ne sais plus quoi penser... Qu'est-ce que tu ferais à ma place, Léa?

Ça n'arrête donc jamais!

Fin

Table des matières

Achevé d'imprimer
sur les presses de Litho Acme Inc.
1er trimestre 1992